U0565717

The Great Magician

大魔术师

赵大河　著

河南文艺出版社
· 郑州 ·

图书在版编目（CIP）数据

大魔术师/赵大河著. --郑州:河南文艺出版社,
2023.12

（时间与疆域）

ISBN 978-7-5559-1613-0

Ⅰ.①大… Ⅱ.①赵… Ⅲ.①话剧剧本-作品集-中国
-当代 Ⅳ.①I234

中国国家版本馆 CIP 数据核字（2023）第 224771 号

选题策划	王淑贵			
责任编辑	王淑贵			
装帧设计	书籍 / 设计 / 工坊 刘运来工作室　徐胜男			
美术编辑	吴　月			
责任校对	赵红宙			

出版发行	河南文艺出版社	印　张	10.5
社　　址	郑州市郑东新区祥盛街 27 号 C 座 5 楼	字　数	205 000
承印单位	河南瑞之光印刷股份有限公司	版　次	2023 年 12 月第 1 版
经销单位	新华书店	印　次	2023 年 12 月第 1 次印刷
开　　本	787 毫米 × 1092 毫米　1/32	定　价	45.00 元

版权所有　盗版必究

图书如有印装错误,请寄回印厂调换。

印厂地址　河南省武陟县产业集聚区东区（詹店镇）泰安路

邮政编码　454950　　电话　0391-2527860

目
录

大魔术师的最后一晚（小说）

窗外的光线越来越暗，远处的景物渐次消失，那些棱角分明的大楼只剩下一些模糊的线条，车站的大钟已经看不见了，钢厂粗大的烟囱正在往外吐着浓烟，将天空染得又脏又黑。一群乌鸦掠过窗口，飞往不可知的地方，它们的影子在窗玻璃上晃一下就消失了。这种不祥之鸟，它们不仅驮来黑暗，也驮来死亡。胡迪尼躺在病床上，看着窗外，看着他今生最后一个黄昏一点点被黑暗蚕食掉，心中既感到幸福，又感到悲哀；既感到轻松，又感到空虚。我不怕你，死亡无法把我打翻在地，我，作为一个快乐的旅行者，与世界已不可分离。黄昏在悲伤的方窗后面彻底消失，已变成了看不见的音乐：《沉沉入睡》。他每次在舞台上与死神搏斗时演奏的都是这支曲子。当他进入注满水的钢质牛奶桶顶盖用六把挂锁牢牢锁住时奏的是这支曲子，当他头朝下双脚被大枷夹住锁进中国水牢时奏的还是这支曲子，他对这支曲子太熟悉了，它的旋律已经支配了他的血液。这也是他听到的世间最美妙的曲子。墙上的挂钟嘀嗒作响，仿佛人生最后关头神秘来访者清脆的脚步声。他说：

"你听——"

"风！"

回答他话的是他的最后一个助手。这是一个黄皮肤、黑眼睛、身体强壮的中国人，名叫张朝，他就坐在他的床头，身体前倾，既便于听清他说话，又准备随时给他以帮助。一阵秋风卷起落叶捶打着窗子，好像在要求进来。不，不是风，是音乐。我听到了美妙的音乐，我又要被放入水里了，这次我还能从铁的束缚和封闭的容器中遁逸吗？他的眼睛仍然望着窗子，那幽深的目光活像一条通道，一条通向黑暗深处的通道，一条通向大地深处的通道，一条通向水之深处的通道。他在看什么？他看到了什么？我和死神开过无数次玩笑，每次我都背过脸去，不看他严肃的面孔，我不喜欢他。但我喜欢和他开玩笑。现在我要看看他的面孔了，不但是看看，我还要正面和他拥抱，拥抱得紧紧的，永不分离。又一阵风拍打着窗子，一块松动的窗玻璃发出动物爪子抓挠的声音。我就要从这儿出去了，就像我从其他东西中脱身一样。在另一个空间，在那个被无形的隔板将生命隔开的空间，在那个收留灵魂的空间，我可以看到分别已久的妈妈，是的，我就要见到妈妈了，我亲爱的妈妈——

"妈妈——"

他嘴唇抖动两下，发出轻微的呼唤声。张朝听到了他的声音，当然也听明白了。张朝完全理解一个持续高烧了三天三夜的人对亲情的渴望。

"先生，要喝水吗?"张朝问道。

水，我又看到了宽阔的水，那闪着死亡粼光的水将我们最后隔开，你在水的那一边，我在水的这一边。我们抓着一根长长的纸条的两端，风很快吹断了纸条，我们手里各攥着一段飘扬的纸条，洁白的纸条。张朝右手伸到胡迪尼身后，抬起他的身子，让他的头靠在自己肩膀上，左手将茶杯举到他唇边。他喝了两口，身体就开始向下滑，他要寻找一个舒服的姿势。张朝帮他垫了垫枕头，他朝张朝深情地看一眼，表示感谢。他是 1912 年 7 月 8 日乘船离开曼哈顿的，他已预订好 7 月 18 日在丹麦首都哥本哈根的演出。他一贯遵守合约，这次也不例外。7 月 17 日他从德国辗转来到丹麦，刚一下火车，他的助手就把电报递到他手中。那是他弟弟拍给他的电报:上帝已召唤走了亲爱的妈妈。他精神恍惚，一切都是妻子打理的。她帮助他搭上了回德国的第一趟火车，又预订了他们来时乘坐的那条轮船的船票。哐哐哐哐哐哐哐哐哐哐……妈妈——他多么想再在她面前表演一次魔术，就像头年他从纽约维多利亚剧院演出回去时表演的那样。他让老板用金币支付他的薪水，他又让助手把那些一美元的金币打磨光亮。然后他把 1000 枚金币装入帆布口袋里，跑回家，老远就喊妈妈妈妈快张开你的大襟看我给你变魔术，妈妈还没准备好，闪亮的金币就源源不断地跌入她的怀里，叮叮当当叮叮当当叮叮当当……妈妈紧紧把他搂在怀里，哭了起来。大概她又想起早年那些食不果腹的日子了。妈妈那次哭得多么幸福啊！妈妈老了，7 月 8 日在曼哈顿西区码头最后一次为他送行时，步子已经有些蹒跚。他与妈妈吻别时，他的心跳得很不安，难道他嗅到了死亡的气息？当他问妈妈他可以从欧洲为她带回点什么时，她说：拖鞋，六号的！是啊，她需要一双晚间穿的拖鞋，他怎么就没有想到呢？他走上步桥，又折回来，再一次与妈妈拥吻。妈妈在咕哝什么？也许你回来的时候我已经不在这儿了。她是这样说的。船起航了，他变魔术般投给妈妈一根洁白的纸条。纸条的前端系着一枚金币，金币落入妈妈的怀里，妈妈伸出颤抖的手很容易就抓住了纸条，纸条越来越长，越来越长，远远看去就像一根闪亮的蜘蛛丝，船与岸之间的水面在扩大，波光粼粼，风吹断了纸条……妈妈——在不来梅城，他买到了六号的拖鞋。他急急忙忙再次横渡大西洋，回到纽约，正好赶上他母亲下葬。人们打开棺木，让他最后看一眼他母亲。母亲就像睡着了一样，也许她正在做一个长长的梦，这个梦如此之长，以至于她无法醒来；她在梦中走得太远，远得甚至听不到亲人的呼唤，她梦到了什么？他能打开世界上所有的锁，可他无法打开长眠之梦的锁。他将六号的绵羊毛拖鞋端端正正放于母亲的脚边，一边一只。他的眼泪悄悄滑下几滴，落在左边的拖鞋里，眼泪宛如早晨的露珠挂在绵羊毛上，闪着晶莹的光。他是个坚强的汉子，他不想让人们看到他流泪，即使是在母亲的葬礼上。他用手帕紧紧按在眼上，让手帕把眼泪吸干……妈妈，你慢点走，让我跟上你的脚步——

嘀嗒、嘀嗒、嘀嗒、嘀嗒、嘀嗒、嘀嗒……我听到了他的脚步声，他正在朝我走来。"你听——"

"下雨了。"

张朝说。秋雨打在梧桐枯干的叶片上，发出空洞的声音。有的叶片经不起一滴雨的击打，在潮湿的空气中打着旋儿落下来，落到更为潮湿的土地上，发出类似叹息般的微弱声音。一滴小小的雨，索取了一片巴掌大的树叶的生命。雨水顺着黑色的树干滑下去，滑到泥土之中。或者从空中或者从屋檐下自由落体般地跌落下去，自然也是落在广阔的大地上。一切都归于泥土。尘埃归于泥土，水归于泥土，生命归于泥土。一阵风吹过，有雨滴落到窗子上，在玻璃上留下印记，同时发出短促的惊恐的声音，好像一群蜻蜓没看到玻璃撞上去时的声音。雨水在玻璃上稍作停留，就滑下去，滑入黑暗之中。也有梧桐的叶子被风吹到窗子上，紧紧贴着玻璃，活像一张被压迫得变了形的小小的面孔，它在张望什么？又一阵风吹来时它才恋恋不舍地离开窗子。

是他在走来，我熟悉他的脚步声。他的脸上浮现出一丝蔑视的笑。多少年了，我从未怕过你，现在，我照样不怕你。那脚步声消失了，或者只是停下来，停在房间外边，如同一个在门外偷窥的窃贼。他知道那脚步声为什么停下来了，是因为歌声。曼妙的歌声仿佛一缕细丝，飘入他耳中："玫瑰少女啊，可爱的玫瑰少女，我对你的爱如何能够表达，你用魔法让我如此着迷，我可爱的玫瑰少女啊，我爱你……"贝丝——三十三年前的那个夏天，他第一次见到"花样少女"贝丝时，听到的就是这首歌，他一下子被这个唱歌的少女征服了。他设法与贝丝所在的马戏团同台演出。他在表演"水变墨水"戏法时，又故意将贝丝的衣服溅脏。节目结束后，这个既羞涩又狡黠的小伙子提出为贝丝做套新衣服，不明就里的贝丝见推辞不掉，就欣然接受了。第三天，贝丝到胡迪尼家取衣服时，碰上胡迪尼那既坚定又灼热的目光，那是怎样一种目光啊，她后来说，那目光能将人熔化，变成液体，然后再将液体烤干。她依靠本能的直觉读懂了那种目光，并依靠本能的直觉朦朦胧胧感受到那种目光将对她的命运产生影响。她穿上新衣服，接受他的邀请：到附近散散步。天气出奇地好。云彩洁白得像刚从棉桃中绽放的棉花。两朵云彩悄悄飘到一起，变成一朵。两只蝴蝶在他们头顶翩跹。蝉在树上起劲地叫，叫得空气都振动起来。走过市政大厅时，胡迪尼停下来，神情有些紧张，说话也结巴起来。半天贝丝都没明白他说的什么。他突然抓住贝丝的手，叫道："让我们进去结婚吧！"贝丝惊愕得嘴都合不拢，她有些不相信自己的耳朵。要知道他们相互之间还什么都不了解呢。胡迪尼将不知所措的贝丝拉进市政大厅，请求执法官为他们举行婚礼。贝丝惊慌得像一只发抖的小鸟。执法官问她是否同意与胡迪尼结婚，她点点头，她已被突如其来的事件弄得说不出话来。执法官很喜欢胡迪尼的魔术，笑着对贝丝说："你嫁给了一个将要举世闻名的人。"对于当时寂寂无名的胡迪尼来说，这可是一个大胆的预言。他们旋风般结婚这件事让双方母亲都感到震惊，但事已至此，她们只能接受事实。只是根据贝丝母亲的要求，在路易斯神甫的主持下又举行了天主教婚礼仪式，接着在胡迪尼母亲的坚持下，又请一位法师主持了一次婚礼仪式。也许是一位执法官、一位神甫和一位法师分别为他们主持了婚礼的缘故，他们的婚姻坚如磐石，两人终生都至死不渝地爱着对方。贝丝，你是我一辈子都没有逃脱或试图逃脱的手铐。

结婚之后，他们过了七年艰难困苦的日子，其间胡迪尼出卖过戏法诀窍，贩卖过香膏和巫师神油，他甚至还在堪萨斯州加勒那表演过"心灵阅读"的把戏。他提前几天潜入小城，造访每一处墓地，研究墓碑上的文字，采集野史，并到图书馆阅读相关书籍，他还伪装成《圣经》销售人员与当地人交谈，尽量多地收集信息。然后，他领着妻子大张旗鼓地进入该地，为他们表演不可思议的"阅读人的意识"。照胡迪尼的话来说，这都是些微不足道的小玩意儿。这不但不会使他感到满足，反而激发了他征服世界的雄心。他念念不忘执法官的预言，他要让这预言变成现实。于是在新世纪开始的时候，他跨越大西洋来到英国。在伦敦他向警察厅挑战，摩尔威里警督让他伸开双臂抱住一根粗大的柱子，在他的手腕上铐了一副英国手铐；摩尔威里警督刚转过身，就听到"哗啦"一声，扭头一看，胡迪尼正微笑着把打开的手铐举起来，好像在说："你看，就这么简单。"从此，他踏上了征服世界的道路，成为传奇般的脱逃大师。在地球上已经找不到一副手铐能够铐住他，已经没有一座监狱能够关住他。他曾从一座座举世闻名的监狱中脱逃。在美国国家监狱，他让监狱长哈里斯把他锁进曾经关押过刺杀总统的刺客古伊特尤的牢房；监狱长命令狱吏脱光他的衣服，给他戴上手铐脚镣，锁进死囚牢中；二十分钟后，他不但成功脱逃，衣冠楚楚地出现在目瞪口呆的监狱长和一群记者面前，而且还将相邻牢房中的八名死囚来了个大转移。在纽约东河六号码头处的海边，他在戴上手铐脚镣后，被钉进包装箱里，再用铁条把包装箱捆牢，加上二百磅重的铅坠，然后，他被投入河中；一分钟后他脱身而出，浮出水面。他曾向沙俄时期的莫斯科警察头目利比德夫挑战，利比德夫把一丝不挂的胡迪尼放到桌子上，让一名警察从头到脚检查他的身体，让另一名警察从脚到头反方向检查，不放过任何孔窍。然后他们把他翻过来，再照样检查一遍。这才给他铐上手铐，附以两条铁链子和一根金属棒子加固，足踝戴上脚镣，塞进往西伯利亚解送政治犯的防逃囚车，锁上锁。据说只有一把开锁的钥匙掌管在西伯利亚的一名警察手中，从莫斯科到那儿有二十一天的路程。贝丝啊，你参与了我所有的魔术，也见证了我所有的荣耀。正是由于在最后吻别时，贝丝把两件微型工具用舌头顶入他口中，他才得以逃出这个像保险柜一般的可怕囚车。他还被铐上手铐活埋到六尺深的土下，这种表演毫无疑问过于疯狂了，简直是对死神的公然邈视，难怪死神紧紧揪住他，差点要了他的命。

亲爱的，我多么希望此时你能够陪伴在我身边。可是……

他是一个时代的弄潮儿，他知道这个时代需要什么，并且能够提供这些东西。魔术师归根结底是伟大错觉的制造者，与其说他欺骗人们的眼睛，毋宁说他激发人们的想象。人们的想象在常识的跑道上加速、起飞，跃入无所凭倚的空中。如果他仅仅在舞台上表演"穿墙术""隐藏大象""吞食钢针""大卸八块"等节目，他就只是一个高明的魔术师而已，无法成为传说中的英雄。他的过人之处，在于他洞悉人性，知道人们虽然理智地希望生活在秩序之中，潜意识却又渴望反抗。他的逃遁天才使他成为一个象征，一个自由的象征，一个反抗现存秩序的象征。正是在这一点上，他成了英雄。他的一生注定要成为传说。他非常清楚这一点，并且积极丰富着这个传说。

接近我的名字时，传说也将为之颤抖。

他又听到了脚步声，他对这脚步声从来就不陌生。死神在门外逡巡，像一个害羞的客人。来吧，我等着你呢。他让张朝扶他坐起来，此时所有的疼痛都消失了，他感到头脑清醒，一身轻松。"他就要来了。"他说。他感到说话也不是很吃力了。

"下雨了。"张朝说。

嘀嗒、嘀嗒、嘀嗒、嘀嗒、嘀嗒、嘀嗒……

他看一眼墙上的挂钟，2 点 45 分，正是夜晚最寂静的时刻。钟摆声和风雨声非但没有破坏这种寂静，反倒使这种寂静显得更加深沉。他感到侵入骨髓的寒冷，这寒冷甚至不同于一般的寒冷，而是带着一丝泥土温暖的寒冷，无法驱除的寒冷，"窗子——"

"窗子关着。"张朝说。

"再看看。"

张朝又检查一遍窗户，窗子关得很严，只是有一块玻璃松动了，被风吹得哐当哐当响。张朝用一张纸折叠起来卡到玻璃与窗框之间，不让玻璃再发出响声。

"雨大吗?"

"大。"张朝说。

"这鬼天气!"他笑笑。笑容如同微风过后水面上浮起的一层波纹。大雨清洗着世界，如同演出结束工作人员清扫剧场一般。世界是一个硕大无比的舞台，他是这个舞台上的杰出演员，可是无论他多么了不起，如今他都不得不谢幕了，他已经听到了清洗舞台的声音。这声音令他怅然。怎能不怅然呢? 在事业正辉煌时，生命却要结束了。这是一个偶然事件，在他毫无防备的情况下，一个崇拜他的年轻人为了试探他的魔力袭击了他，猛烈地击打他的腹部，引发了阑尾炎和腹膜炎。他在剧烈疼痛的情况下也没有就医，而是靠钢铁般的意志支撑着，继续巡回演出，直到倒在舞台上为止。死亡是个偶然现象。他蔑视死亡。他决不屈服。在最后一场演出之前的那个下午，他一个人悄悄来到集市上，雇了张朝。张朝是个江湖艺人，正在耍刀卖艺。他背靠一堵砖墙，看着张朝耍刀。他因为腹部剧痛，额头上沁出一层虚汗。看张朝耍刀的人不多，所以张朝很容易就发现了他。他朝张朝招手，张朝收起刀，来到他身边。他因出门时简单地伪装了一下，所以张朝没有一眼认出他，其他人也没有认出他，尽管在他靠着的那面墙上就贴着一张画有他肖像的大幅海报。他把张朝叫到一个僻静的地方，谈了几分钟。张朝虽然不理解他的举动，但还是答应帮他，当然是有报酬的。"三天后的夜里，你在罗伯特旅馆后墙从东数的第三个窗下等我。"他就住在罗伯特旅馆第二层从东数的第三间。第三天，他服下从印度瑜伽师手中买来的一服药，使自己处于假死状态。之前，他所有的道具都已装箱运回纽约，只有一副青铜棺材除外。这副棺材是此次巡回演出前他花五千美元从博叶敦棺椁公司定购的，是用来表演活埋壮举的。截至目前还没有使用过，这也是唯一他没有使用过的道具。临"死"前，他吩咐妻子和助手，他死后立即将他装入这具棺材内，并且不许再打开，除非到了他一百周年的忌日。估计他们没有一个人会活得那么长久。这等于说，一旦进入棺材，他就不让人再打扰他了，即使是最亲的人也不行。他给妻子留了一组密码，如果死后有灵的话，他会靠这组密码与妻子取得联系。半夜他将衣服留在棺材内，赤身裸体从密封的棺材里爬出来，从二楼窗口跳下。守信的张朝伸开双臂将他接住，并脱下外套让他穿上。然后他们来到张朝临时租下的这间屋子。在这间屋子，他通过报纸读到了他自己的整个葬礼过程：

　　青铜棺材被用一节普尔曼车厢加挂在底特律号列车上运回纽约，在纽约大剧院的舞台上停留之后，丧礼在马鹿俱乐部举行。德拉奇曼法师致悼词："胡迪尼拥有一种终生未向世人展示的神秘力量，他是我们这个时代一位真正伟大的人。"美国魔术师协会把一个花圈撕碎放在他的棺材上，低声吟唱："帷幕最终落下，花环也已经折断。"然后，青铜棺材被抬到塞浦路斯山马奇坡拉赫公墓安葬。墓上竖有一尊他亲手设计的胸像，这是这块犹太墓地中唯一的一尊雕像。

　　他为自己和死神开了个玩笑而洋洋得意。他问张朝："有酒吗？"他从来不喝酒，除收藏魔术道具外也没有其他嗜好。他突然想喝酒，连他自己也感到奇怪。他想这个愿望大概不会满足了，因为他没见过张朝喝酒，现在即使想买酒也不会找到一家开门的商店。想不到张朝神秘地笑笑，变戏法般地将一瓶威士忌呈现在他面前。他们俩都开心地笑起来。在这神秘的夜晚，窗外下着雨，死神正在走廊里徘徊，他们却在房间里开怀畅饮。张朝还吟了一句美妙的诗：自古圣贤皆寂寞，唯有饮者留其名。一个多星期来，他一直觉得张朝是个严肃的人，现在他发现了张朝有趣的一面。"很遗憾，我没去过中国。"他说，"那是个多么古老的国家呀！"张朝说那儿整年都在打仗，老百姓很苦。他说："愿他们幸福，来，干一杯！"杯子碰到一起发出清脆的声响。他又说："来，为我的永生干杯！"杯子又碰到一起。墙上的钟"当"的一声脆响，告诉他们此时是凌晨 3 点。他感到肉体如同将熄的灯，最后跳跃出一束明亮的光。肉体是值得尊重的，它为他创造了尘世的荣耀。如今他将要最后一次遁逸，从肉体中遁逸，到另一个世界去，到他最最亲爱的母亲正等着他的那个世界去。贝丝，我只能扔下你了，其实我是多么想和你在一起啊！一想到相依为命的妻子，他就倍感愧疚。因为在他人生最后一个节目中，他没有让她参与。他又喝了一杯酒。时间是流动的，可我稳稳站在上面。他洞悉永生的秘密，即：成为传说。他将活在千千万万人的脑海中，活在他们飞扬的想象中，对此他从不怀疑。永生者是孤独的，命该如此。所幸有张朝陪在身边，而且还有酒喝。

"来，干杯！"

"干杯!"

他喝干杯中酒,将杯子一扔,杯子在地板上碎裂,碎片四溅。早就等得不耐烦的死神,踢开门,闯进来,脚步声震得整个楼都在晃动。他哈哈大笑,说:"好吧,我跟你走。"

妈妈——

瞬间,一切都凝固了,雨不再滴落,挂钟不再嘀嗒,心脏不再跳动……张朝看到时钟的指针指在 3 点 15 分。

1926 年的这个秋夜啊,多么寒冷!

1936 年 10 月 31 日,也即胡迪尼的 10 周年忌日(其实他的真正忌日要推后 12 天,即 11 月 12 日),胡迪尼夫人突然收到一封奇怪的信,信是从底特律发出的,上面的笔迹她再熟悉不过了,更让她震惊的是,信上写着她丈夫临终时与她约定的密码,即他们初次相遇时她唱的那首歌:玫瑰少女啊,可爱的玫瑰少女,我对你的爱如何能够表达,你用魔法让我如此着迷,我可爱的玫瑰少女啊,我爱你。信的全部内容就是这首歌,别无一言。既无称呼,也无落款。她坚信这密码只有她一个人知道,她差点要晕过去了。

她当时正与世界魔术师协会的几十名成员在尼亚加拉大瀑布旁的胡迪尼博物馆纪念她的丈夫。没有人能解释这封信是怎么回事。几乎与此同时,世界魔术师协会主席也收到一封奇怪的信,信曰：

> 我已完成最后一场演出：从棺材中脱身。
> 哈里·胡迪尼。

他把信拿给胡迪尼夫人看，胡迪尼夫人终于坚持不住，晕倒了。她证实，这封信千真万确是胡迪尼写的。这封信也寄自底特律，信的内容也无法解释。

第二天，各大报纸就将此事炒得沸沸扬扬，胡迪尼旋风一般卷来，再次成为舆论的中心。

不少好奇者要求开棺看看，一些记者也火上浇油般地写文章呼吁开棺，还有一位名叫帕尔卡的企业家表示愿意为胡迪尼夫人提供 10 万元作为开棺的精神抚恤金，在当时这可是一笔不小的财富。胡迪尼夫人顶住压力和诱惑，毅然决然地拒绝了开棺的要求。她十分清楚，无论是哪种结果她都没有勇气面对。她说："胡迪尼生前有言，不到他百年忌日，不能打扰他的长眠。"

胡迪尼夫人快要崩溃了，要知道她比任何人都更迫切地想知道胡迪尼的真实情况或秘密。她不仅仅承受着外界的压力，还承受着比外界压力多十倍的心理压力。终于她从记者的追逐中脱身了，独自乘坐火车来到她丈夫归西的城市——底特律。令她吃惊的是，这个城市早就流传着她丈夫从棺材中遁逸的传说，几乎大人小孩都知道；至于她丈夫从棺材中遁逸之后的情况则无人知晓。一个耍刀的中国男子神秘兮兮地对她说她丈夫百年后会重返墓穴。这句话的潜台词毫无疑问是说她丈夫现在并没躺在墓穴里。他怎么知道？他是预言家吗？当她想和这名神秘的耍刀人深入交谈时，却再也找不到他了。

底特律之行使胡迪尼夫人心中充满疑团，直到 1943 年去世，这疑团也没有解开。

直到今天，仍有不少热爱魔术的人在盼望着 2026 年 10 月 31 日的到来，因为这天是胡迪尼的百年忌日，一场最伟大的魔术有可能展现在世人面前。

爱、奇迹和魔术师（九幕话剧）

人物

哈里·胡迪尼——大魔术师，举世闻名的脱逃大师。

贝　丝——胡迪尼的伴侣和助手。

张　朝——杂耍艺人，小丑，胡迪尼最后的助手。

比　利——胡迪尼的助手。

邮差。

记者甲、乙、丙、丁。

工作人员若干。

保安两名。

第一幕

【呈现给我们的是一个剧院舞台大部分、后场小部分，以及剧院外的一角。我们既能看到舞台，也能看到后台忙碌的工作人员，还能看到剧院外墙上的大幅海报。

【一个将近两米高的保险柜放在舞台正中，舞台现在是暗的。

【后台。灯光明亮。胡迪尼捂着肚子坐在椅子上，他的妻子贝丝和助手比利分站两侧，贝丝拿着毛巾给他擦汗，比利捧杯水。

贝　丝　哈里，你的身体能行吗？如果不行，就取消演出。

比　利　我们可以退票。

胡迪尼　我没事。

贝　丝　你确定？

胡迪尼　我确定。

【他从比利手中接过杯子，推比利上场。

比　利　必须万无一失，否则……

胡迪尼　万无一失，去吧。

比　利　没必要冒险。

胡迪尼　冒险？你不相信我吗？

比　利　我不是那个意思，我是说……

胡迪尼　好了，别说了，观众等着呢。

　　　　【剧场传来观众的躁动以及口哨声，用音效表现。

　　　　【比利又用目光征求贝丝的意见。贝丝点头。

贝　丝　好吧，我们上。

　　　　【贝丝亲吻一下胡迪尼，给他鼓励。

　　　　【比利和贝丝走后，胡迪尼往口中填一药片，喝口水咽下。

　　　　【比利跑上舞台，身上充满能量。

比　利　女士们、先生们、观众朋友们，一位哲人说过，人生而自由，却无往不在枷锁之中。

　　　　在枷锁之中，我们自由吗？不，不自由。但是，有一个人，世界上没有任何一把锁能锁住他，没有任何一个地方能关住他。你们知道他是谁吗？（观众答"胡迪尼"）对，胡迪尼，伟大的脱逃大师胡——迪——尼！

贝　丝　有请胡迪尼先生。

　　　　【随着激昂的音乐，胡迪尼登场，向观众招手致意。他精神振奋，与刚才判若两人。

比　利　胡迪尼先生，能告诉我们，今天挑战的项目是什么吗？

　　　　【胡迪尼走到保险柜跟前，指着保险柜。

胡迪尼　这就是。

比　利	（吃惊）这是一个保险柜啊。
胡迪尼	你没看错，正是保险柜。
比　利	你是说，你要从保险柜中脱逃？
胡迪尼	正是。

【比利和贝丝查看保险柜。

比　利	这个保险柜大概有一吨重，这么厚的铁，除非你有魔法。
贝　丝	如果没有钥匙，或忘记密码，能打开它吗？
比　利	我想，恐怕不会有人能打开。
胡迪尼	我还要戴上手铐、脚镣，并用世界上最坚固的锁锁上。
比　利	你衣服里不会藏着钥匙吧？
胡迪尼	我不穿衣服。

【胡迪尼脱得只剩一条紧身短裤，比利为其戴上中国木枷、手铐、脚镣，并用铁链锁起来。

【贝丝邀请两名观众上台检查胡迪尼的锁链，再检查保险柜。

贝　丝	锁上了吗？
观众甲	锁上了。
贝　丝	有问题吗？
观众甲	没有问题。
贝　丝	他身上有没有藏钥匙？
观众甲	应该没有。

贝　丝　不说应该。有，还是没有？

观众甲　没有。

贝　丝　（问观众乙）你认为呢？

观众乙　没有。他没有地方藏钥匙。

贝　丝　我把钥匙交给你拿着好吗？

观众乙　好。

【贝丝将钥匙交给观众乙。

比　利　你们再检查一下保险柜，看是不是真的。

【两个观众检查保险柜：没有问题。

比　利　你们要不要进去试试？

观众甲　（进去试了试，出来说）好恐怖啊。

比　利　能从里面打开吗？

观众甲　不能。

贝　丝　现在麻烦你们把胡迪尼锁进保险柜，再打乱密码。

【浑身缠满铁链、戴着中国木枷、手铐和脚镣的胡迪尼进入保险柜，两名观众上锁，打乱密码。

贝　丝　沙漏拿过来，我们开始计时。我们计算过，沙子漏完，里面就没空气了。

也就是说，胡迪尼必须在沙子漏完前自己打开保险柜出来。

【沙漏摆到舞台上，沙子匀速漏下。

【剧院外，一束灯光直射下来，渐亮。胡迪尼的大幅海报下，失败的江湖艺人张朝在变拙劣的戏法。嘴里吆喝着"走过路过不要错过，有钱的捧个钱场，没钱的捧个人场"之类的话。他前面没有一个人停下脚步看他变戏法，他很落寞。

【张朝倾听里面，没什么声音，他很疑惑。

张　朝　演出结束了吗，怎么一点声音也没有？

【这束灯光渐暗。

【剧院里传来轻微的、不安的躁动，然后变成低沉的嗡嗡声。一阵椅子开合的声音，显然观众都站起来了。沙漏快完了，保险柜的门毫无动静。

【比利异常紧张，不断和后台交流。

【贝丝在后台将工作人员赶到大街上，她也急得团团转。

【沙子漏完。

比　利　快，开锁！

【两名观众将锁打开，可是密码不记得，保险柜仍打不开。

【比利叫贝丝，贝丝摊摊手，她也不记得密码。

【两名观众闯祸了，吓得声音发抖。

观众甲　我以为你们记得。

观众乙　密码是你们设置的。

比　利　不怪你们，不怪你们。

贝　丝　快想办法。

比　利　这怎么办？

【他将沙漏颠倒过来，计时又开始了。

【剧院里响起观众或惊愕或担忧的声音。

【剧院外，这束灯光渐亮。张朝在谛听里面的声音。他旁边有一个黑衣覆盖的物体。

【剧院里被赶出来的工作人员在寻找什么。他们问张朝，张朝摇头。他们走开。

【他们寻找一圈，一无所获，又回到剧院后台，对着前台的贝丝，摊手，摇头，团团转。

【舞台上。比利已经找来撬杠、大锤，但面对坚固的保险柜，无从下手。

比　利　（问贝丝）密码是谁设置的？

贝　丝　哈里设置的。

比　利　（对着保险柜）胡迪尼先生，伟大的胡迪尼先生，你能听到我说话？能听到吗？

【他将耳朵贴到保险柜上，里面没有回应。他摇摇头。

贝　丝　砸吧。

【比利让一个工作人员扶铁钎，他夸张地抡起大锤，工作人员怕他砸住自己，吓得躲开了。

比　利　你怕什么？我来!

　　　　【比利扶铁钎，让工作人员抢大锤。

比　利　慢，你干过吗？

工作人员　没干过。

比　利　砸得准吗？

工作人员　不知道。

比　利　天啊，换个人。（他指另一人）你来。

　　　　【另一人接过大锤。

另一人　我吗？

比　利　你抢过大锤吗？

另一人　没有。

比　利　天啊，你没干过就敢抢大锤？我们换换，你来扶钎。

　　　　【比利将铁钎交给另一人，接过大锤。

另一人　你抢过大锤吗？

比　利　没有。不过，我会小心的。

　　　　【另一人丢下铁钎。

贝　丝　等等。

比　利　怎么了？

贝　丝　你们能砸开吗？

比　利　我估计……悬，要有切割工具就好了。

贝　丝　哪里有切割工具？

比　利　　电焊铺可能有。

贝　丝　　（看看沙漏）来不及了，来不及了。

比　利　　现在……

贝　丝　　我想想，哈里说过"爱创造奇迹（Love create mira－cle）"，什么意思？

到底是什么意思？莫非……莫非……这就是密码？

比　利　　（查看保险柜）密码不是数字，果真是字母组成的。

贝　丝　　试试，快试试。把"爱创造奇迹"的字母都输进去。

【比利输入密码。所有人都屏住呼吸。

【"咔嗒——"一声。

贝　丝　　快打开。

【她已经不敢看了。

【比利打开保险柜。魔术师不见了，只有一堆木枷、手铐、脚镣、铁链。

【观众发出"噫——"的声音。

【胡迪尼从另一侧登场，朝观众鞠躬。贝丝喜极晕倒，胡迪尼将贝丝揽住，给贝丝一吻。比利带头鼓掌，随即剧院内响起雷鸣般的掌声和呼哨声。

胡迪尼　　亲爱的，爱创造奇迹！

贝　丝　　爱创造奇迹！

比　利　　爱创造奇迹！

众　人　爱创造奇迹！

【剧院外。打在张朝身上的灯光渐亮。张朝听到剧院内雷鸣般的叫好声，也很开心，跳起一段不伦不类的舞。他手里拿着一袋金币，他把金币当沙锤用，为自己打节拍。

第二幕

【舞台。新闻发布会。

【胡迪尼坐在一把椅子上，左右站着贝丝和比利。一群记者成扇形挤在前面，摄影记者的闪光灯频频放出镁光。记者七嘴八舌地提问题。

——胡迪尼先生，你的保险柜遁逃是魔术还是魔法？

——胡迪尼先生，你相信永恒的爱情吗？

——胡迪尼先生，你有过恐惧吗？

——胡迪尼先生，请问你是靠什么创造奇迹的？

——胡迪尼先生，你是在挑战死神吗？

——胡迪尼先生，最后一场演出你有把握吗？

——胡迪尼先生，你真要从棺材里遁逃吗？

比　利　静一静，静一静……我们现在要宣布一个重要决定。

【记者们安静下来。比利示意贝丝来宣布。

贝　丝　朋友们，由于胡迪尼先生身体不适，我们决定，取消下一场演出。

【记者炸了窝一般，纷纷抛出问题。

——胡迪尼先生，您身体怎么了，有无大碍？

——胡迪尼先生，您是不是还没有准备好？所以……

——胡迪尼先生，人们都在说棺材遁逃是不可能的，您取消演出与此有关吗？

——胡迪尼先生，您是在和民众开玩笑吗？

——胡迪尼先生，你胆怯了吗？

比　利　静一静，静一静，请一个一个提问。

贝　丝　胡迪尼会回答三个问题。（有记者举手）好，你先来。

记者甲　胡迪尼先生，最后一场演出的票已经卖出去了，怎么说取消就取消了呢？

胡迪尼　我是个完美主义者，如果做不到完美，我宁愿不做。取消演出，我非常抱歉。

　　　　卖出去的票，我们都会收回，并给观众以补偿。

记者乙　胡迪尼先生，我听说演出的道具，也就是那具青铜棺材，已经运抵底特律。

　　　　取消演出，是因为道具不够完美吗？

胡迪尼　取消演出与道具无关，道具是完美的。

记者丙　胡迪尼先生，我听说全世界有很多人在拿这场演出打赌。

　　　　有一半人认为你不可能完成挑战，你最终会死在棺材里，博彩公司开出的赔率是 1 : 3，你取消演出是受到威胁了吗？

胡迪尼 没有人威胁我，我取消演出也与博彩无关。

记者丁 胡迪尼先生，你是害怕失败吗？

贝　丝 三个问题已经回答完了，今天到此为止。

【他们起身，记者仍在争相提问。

——胡迪尼先生，你的声誉会因此受损……

——胡迪尼先生，你是在忽悠美国人民吗？

——胡迪尼先生……

【胡迪尼在贝丝和比利的陪伴下离开。记者们仍不愿离去，议论纷纷。

——这是一个彻头彻尾的骗局，我们都被骗了，想想看，人装进棺材，棺材再埋入地下，如何能够脱身？

——魔术不是魔法，胡迪尼也不是超人。

——全是谎言。

——可是青铜棺材已经运到了，如果不想演出，何必……

——骗局总是越像越好。

——胡迪尼从来说话算数，他一次也没欺骗过公众！

——人是会变的。

——人太有名就会膨胀，就会失去理智。

——他不是那样的人！

——全世界都在等着看他如何从棺材中从坟墓中遁逃，他突然说不干了，这……

——其中必有隐情，我们深挖，也许能挖出个重磅新闻。

——报纸明天的版面都给我预留了，不能开天窗，总得写点什么。

——要么阴谋，要么骗局，必得其一。

——走，挖新闻去！

【记者各显神通，争相离去。

第三幕

A区：（表现现实，是真实的场景，在舞台左边，朝右边开放。）

【豪华客房。大床、桌、沙发，墙上有报时挂钟。

【桌上有一个大花瓶，窗帘是暖色调，而且拉上了。

【灯光温暖明亮。

B区：（表现回忆的场景。在舞台右边，与左边A区相通，通常空旷，灯光是暗的。需要时会有道具。）

【胡迪尼坐在床上，额头上搭着毛巾，但精神状态良好。

【贝丝沙巾包头，手捧一大束康乃馨上。

【贝丝将鲜花插入花瓶里。

贝　丝　亲爱的，你感觉怎么样？

胡迪尼　好多了，说不定明天我就能登台演出。

贝　丝　（将沙巾和外套挂到衣架上）亲爱的，别再想演出的事了，你需要休息。

胡迪尼　（一语双关）我以后有的是时间休息，很长很长的时间。

贝　丝　你现在就需要休息。

　　　　（她拿掉胡迪尼额头上的毛巾，将额头贴到一起）嗯，退了一些。

胡迪尼　亲爱的，你知道演出对我意味着什么。

贝　丝　我知道你对我意味着什么。（她将毛巾洗了洗，又给胡迪尼敷上）

胡迪尼　我不会有事的。不用了。（他拿掉毛巾）

贝　丝　亲爱的，再敷一会儿吧。（她又给他敷上）

胡迪尼　好吧，听你的。天黑了吗？

贝　丝　（摆弄鲜花）还没全黑，人们都在匆匆往家赶。

　　　　花好看吗？

胡迪尼　好看。

贝　丝　（退后，审视着花）喜欢吗？

胡迪尼　喜欢。快坐下歇歇。

贝　丝　（走到床边，拉住胡迪尼的手）亲爱的，你想吃什么？

胡迪尼 我不饿，什么也不想吃，你坐下，我们说说话。

贝　丝 真不吃？

胡迪尼 真不吃。（停顿）人们对最后演出充满期待。

贝　丝 你所有的演出，他们都充满期待，没什么特别。

胡迪尼 这不一样。这不一样。

（激动得拿掉额头上的毛巾）你知道，从来没有人敢表演这样的节目——

从青铜棺材中遁逃。

贝　丝 你别的节目也没人敢表演。

胡迪尼 这次更震撼！更震撼！

想想看，青铜棺材——活埋——遁逃，

是不是很刺激？

贝　丝 岂止刺激，简直疯狂。

你越来越疯狂，也越来越危险。

每次你表演，我都捏一把汗。

我无法呼吸，浑身冰冷，心脏都不会跳了。

时间一分一秒过去，我几乎要昏厥。

如果不依靠个东西，我就站立不住。

我像一个木偶，小孩儿用一个手指头就能把我戳倒。

我怕。我怕。我怕。

一个小小的闪失……我不敢想。

不敢想……你要是没了，我可怎么活，我可怎么活？

【贝丝仿佛又陷入那种情景，依靠沙发，不使自己跌倒。

胡迪尼　亲爱的，你没事吧？

贝　丝　没事。

胡迪尼　你知道，每次我都周密地计算过，不会有危险的。

贝　丝　我也知道，一丝一毫的误差都是要命的。

胡迪尼　亲爱的，有你给我把关，万无一失。

【他要下床，贝丝赶快过去搀扶。

贝　丝　小便？

胡迪尼　不，我想活动活动。

贝　丝　能行吗？

胡迪尼　（伸展胳膊，扭动腰肢）你看，有劲多了。

贝　丝　你还是先坐一会儿吧。

胡迪尼　（坐到沙发上）给我唱首歌吧。

贝　丝　唱什么？

胡迪尼　《玫瑰少女》。

贝　丝　你都听多少遍了。

胡迪尼　还要听。

贝　丝　（唱）玫瑰少女啊，可爱的玫瑰少女，我对你的爱如何
　　　　能够表达，你用魔法让我如此着迷，我可爱的玫瑰少女
　　　　啊，我爱你……

B区：

> 【胡迪尼回到当年情景，他被她的歌声打动，一见钟情，围着她转。
>
> 【贝丝唱着唱着，从A区到B区，B区亮起橘红色的灯光，贝丝回到少女时代，轻盈甜美。
>
> 【胡迪尼一跃而起，变成充满活力的小伙子，也来到B区。他围绕着贝丝献殷勤，给她变小魔术，将手绢变成手杖，又将手杖变成一枝玫瑰，献给贝丝，等等。
>
> 【一曲终了，B区灯渐暗。胡迪尼和贝丝又回到A区。

胡迪尼　　（鼓掌）和当初唱的一样好。

贝　丝　　就为这首歌，你加入我们马戏团。

胡迪尼　　不是为这首歌，是为唱歌的人！

　　　　　还记得我们第一次演出吗？

贝　丝　　怎么不记得，你表演"水变墨水"，我给你当助手，你把我裙子弄脏了。

> 【她展开裙子给他看。

胡迪尼　　我是故意的。

贝　丝　　我知道你是故意的。

　　　　　本来洗洗就行了，你非要给我做套新的。

胡迪尼　我是别有用心。

贝　丝　看得出来。

（羞涩）我看到了你眼里跳动的小火苗。

胡迪尼　不是小火苗，是燎原大火！

我看到哪儿，哪儿就灼烧、冒烟……我怕我把地球给烧成火星。

贝　丝　（害羞）你胆子可真大，约我出去轧马路，把我带到市政大厅门口……

B区：

【市政厅。青年胡迪尼和贝丝手拉手从市政厅门口经过，胡迪尼突然停下脚步。

胡迪尼　我们进去结婚吧！

贝　丝　你疯了！

胡迪尼　我是疯了，你呢？

贝　丝　我……不知道。

胡迪尼　你的手在抖。

贝　丝　我浑身都在抖。

【灯光照亮一张桌子，桌子后坐着执法官。

胡迪尼　（鞠躬）执法官先生，请为我们举行婚礼。

贝　丝　你……

【她装作要走，被胡迪尼拉住了。

执法官 姓名？

胡迪尼 我，哈里……胡迪尼，她，贝丝。

执法官 贝丝小姐，你是否愿意与胡迪尼先生结婚？

　　　　【贝丝害羞地摇头，发现错了，又拼命点头。

执法官 请说话，你是否愿意与胡迪尼先生结婚？

贝　丝 我……愿意。

执法官 胡迪尼先生，你是否愿意与贝丝小姐结婚？

胡迪尼 我愿意！我愿意！

执法官 我宣布胡迪尼先生与贝丝小姐结为合法夫妻。

　　　　胡迪尼先生，我喜欢你的魔术。

　　　　贝丝小姐，你嫁给了一个将要举世闻名的人。

　　　　【他们深情对望。

　　　　现在，你们可以亲吻了。

　　　　【胡迪尼吻贝丝。

　　　　【B区灯渐暗。

胡迪尼 （回到现实）我永远记着这句话——

　　　　"你嫁给了一个将要举世闻名的人。"

　　　　那时我寂寂无名，他竟然大胆预言我要举世闻名。

　　　　举世闻名！

我不能让他的预言落空。

还有，我不能让你失望，亲爱的。

（停顿）可是，结婚之后，我却让你过了七年苦日子。

贝　丝　日子虽苦，却很快乐。

你一直在努力。

你卖过戏法诀窍，贩过香膏，贩过巫师神油，你还在堪萨斯表演过"通灵"把戏。

胡迪尼　"通灵"，你不说我差点忘了，我们这两个"骗子"……我提前几天潜入小城，造访每一处墓地，研究墓碑上的文字，搜集野史和家谱，到图书馆查阅相关书籍，伪装成《圣经》销售人员与当地人交谈，尽量多地收集信息。然后，我们俩大张旗鼓地进入该镇，为他们表演不可思议的"通灵"把戏。

B 区：

【胡迪尼手持"通灵"大旗，与贝丝昂首而上。

【一群人马上围了上来，争相让他们为自己通灵。

贝　丝　一个一个来，说不准不收钱，说准了，你看着给。

通灵很耗功力，大师今天只通灵三次。

你，你先来吧，我看你半信半疑，就让你先见识见识。

胡迪尼　（拉住一名顾客的手，清一下嗓子）嗯，你一定在想，他肯定不知道我爷爷的名字，因为我自己都不知道，是吧？

顾　客　你要知道我爷爷的名字，那就神了。

胡迪尼　你爷爷叫克劳德·威尔逊，外号"牢骚的威尔逊"。

你爷爷的爷爷叫塞沃斯·威尔逊，外号"呱呱叫的威尔逊"。

你爷爷的爷爷的爷爷叫坎贝尔·威尔逊，是第一代移民，从苏格兰来此定居，从事殡葬生意。

到你爷爷的爷爷，又增加了木器加工生意，南北战争时，你爷爷加入南方军队，失去一条腿，加上酗酒，生意一落千丈。

到你父亲时，你们家已经没有任何生意了，你父亲叫比尔·威尔逊，是不是？你父亲的外号我还要说吗？

顾　客　不用了，不用了。

胡迪尼　那好，说说你吧，你八岁时有过一灾，与水有关——

顾　客　那年我溺水，差点淹死，是达里奥把我救了。

胡迪尼　十七岁时，你做了一件自己后悔的事……

顾　客　别说了，别说了，我服了。（溜走）

胡迪尼　不问问你的运程……

【B区灯渐暗，转回A区。

胡迪尼　（回到现实）哈哈，靠这种小伎俩，我们小赚了一笔。

贝　丝　你马上洗手不干，你怕沉溺于此，消磨意志，再也难成大事。

　　　　【停顿。

胡迪尼　（沉思）执法官的话我铭记在心。

贝　丝　你天天念叨执法官的预言，满怀雄心壮志，要征服整个世界。征服整个世界！

胡迪尼　我们来到伦敦，世界的中心，从此开始我们的征程。

B区：

　　　　【伦敦街景，剑桥或大本钟等标志性建筑。

贝　丝　你一上来就挑战伦敦警察厅。

胡迪尼　当时，英国手铐号称最难打开。

贝　丝　我记得警督叫摩尔，他块头真大，像头熊。

胡迪尼　北极熊！

B区：

　　　　【警督摩尔出现。

胡迪尼　他，好家伙，那个威武，往那儿一站，罪犯就哆嗦。他不愿意铐我，我不得不给他来这么一下。

B区：

　　【胡迪尼出现。他给摩尔一拳。街上全是人，摩尔很生气，让胡迪尼抱住一根粗大的柱子，用英国手铐将他铐上……

　　【摩尔叉着腿走路，骄横不可一世。

贝　丝　他刚一转身，就听背后"哗啦"一声，扭头一看，你已将手铐打开。

　　　　你微笑着举起来，给他看，瞧，就这么简单。

B区：

　　【胡迪尼微笑着，举起手，手中拎着手铐。群众中爆发欢呼声。

胡迪尼　我从此踏上征服世界的道路，成为传奇般的脱逃大师。

贝　丝　没有一座监狱能关得住你。

胡迪尼　在美国国家监狱，国家监狱！典狱长哈里斯将我关进死囚牢房。

　　　　那里曾经关押过刺杀林肯总统的刺客。

　　　　狱吏扒光我的衣服，给我戴上手铐脚镣，锁进死囚牢房。

二十分钟后，我成功脱逃，衣冠楚楚地出现在典狱长和一群记者面前。

B区：

【胡迪尼微笑，挥手。

【典狱长目瞪口呆。记者们欢呼。

【记者争相采访，众声喧哗。

——胡迪尼先生，请问你是如何逃出来的？

——胡迪尼先生，这是美国最牢固的监狱，典狱长说了，连一只苍蝇都逃不出去，你认为这座监狱牢固吗？

——胡迪尼先生，死囚牢房里的罪犯会像你一样逃出来吗？

——胡迪尼先生……胡迪尼先生，你认为这个社会公平吗？

——胡迪尼先生，你赞成废除死刑吗？

——胡迪尼先生，你做慈善吗？

胡迪尼　我以为美国最严密的监狱会给我制造点难题，可是——

记者甲　胡迪尼先生，你逃出就逃出了，干吗还将牢房中的死囚来了个乾坤大挪移？

胡迪尼　恶作剧呗，给你们提供点花絮，好让你们的文章写得更生动。

【记者笑。

贝　丝　（回到现实）这件事轰动一时，典狱长吓坏了。

你记不记得，他说为了监狱安全，应该把你绞死？

胡迪尼　《纽约时报》出了号外，把这句话登出来了。

作为标题，用的是黑体：典狱长，冒号，绞死胡迪尼，感叹号。

字体好大啊！

贝　丝　你还上了《时代》杂志封面，可谓名满天下。

胡迪尼　感谢典狱长！但我不得不说，他是个既自负又愚蠢的家伙。我不喜欢他。

【停顿。

贝　丝　并非每次都充满欢乐，有时候——

胡迪尼　有时候人们需要刺激，需要把心提到嗓子眼，需要屏住呼吸。

贝　丝　纽约东河那次表演，所有人都被你吓出了心脏病。

胡迪尼　你应该对我有信心。

贝　丝　我是对你有信心，否则，我会拦住你，不让你去。

胡迪尼　你拦了我几次，没拦住。

贝　丝　你犟得像头牛。

胡迪尼　我心里有数，不会有危险。

贝　丝　怎么会没有危险，我不敢想，不敢想，现在都不敢想。

一想到你可能上不来，我都无法呼吸。（她捂住胸口）

胡迪尼　不过是老一套而已，手铐、脚镣、包装箱……

贝　丝　（激动）只是手铐、脚镣、包装箱吗?

你被戴上手铐、脚镣、钉进包装箱里，再用铁条把包装箱捆牢，

然后……还要加上二百磅的铅坠，

然后……投入河里，

然后……包装箱沉下去，水面恢复平静……

然后……我看着平静的水面，心里数着数，1，2，3，4，5，6，7，8，9，10，11，12，13，14，15，16，17，18……数到 60，水面还那么平静，我的心揪起来了，我……（她痛苦得说不下去）

胡迪尼　（抱住贝丝的肩膀，安慰她）亲爱的，每一个环节你都检查过，你知道我能行。

贝　丝　两分钟过去了，水面还那么平静，连一个水泡也没有，好奇怪。

三分钟过去了，我……我快要死了。

你再不出来，我……喊……我的声音听上去一定很恐怖……

"快快快，快拉上来。"……

他们把包装箱拉上来，打开包装箱……

【停顿。

胡迪尼　包装箱是空的。

贝　丝　我最怕的是某个环节出问题，你被困在里面，被水……

包装箱是空的，所有人都感到奇怪，

你是不是淹死，被水冲走了？

我……心揪着，魂儿都没了……

B区：

【河岸上。一大群记者和群众围着打开的包装箱，神情惊诧。

【贝丝被恐惧攫住，失魂落魄，摇摇晃晃，站立不稳。

胡迪尼　你知道，我不会有事的。

我从包装箱里出来，潜水到栈桥下，藏在那儿。

贝　丝　人们在河里打捞半天，活不见人，死不见尸。

记者要去发稿，你才从水里冒出来……

B区：

【胡迪尼从另一侧出现，浑身湿淋淋的。岸上一片欢呼。

【胡迪尼向人们挥手。

【贝丝擦眼泪。

胡迪尼　你哭了。

贝　丝　我是高兴的。

　　　　【胡迪尼拥住贝丝，给她安慰。

　　　　（紧紧搂住胡迪尼）我再也不要你做这样的事了，我再也不要你做这样的事了。

　　　　【停顿。

胡迪尼　（若有所思）其实并不是没有恐惧，我也有恐惧，很深的恐惧。

贝　丝　我知道你想说哪一次。

　　　　十年前，1916 年，还是沙皇统治着俄国，你向莫斯科警察头子利比德夫发出挑战……

胡迪尼　对，就是那一次，真恐怖啊，我差点把命搭进去。

贝　丝　那时候俄国就像个火药桶，我们不应该去。

胡迪尼　你知道我喜欢挑战，越是危险的地方我越想去，我从不后悔选俄国。

　　　　俄国，辽阔而又神秘，死在那里也——（贝丝捂住他的嘴，不许他说不吉利的话）

贝　丝　那个利比德夫是个恶魔。

胡迪尼　他是秩序的维护者，他要捍卫他的权威。

贝　丝　他像是铁铸的，又冷又硬。

　　　　我相信，他打从娘胎里出来就没笑过。

胡迪尼　在那个位置上的人都不会笑。

　　　　他们认为笑很丢脸。

　　　　他们要保持可怕的形象。

　　　　不过，他们不笑还好，他们笑起来，简直让人毛骨悚然。

贝　丝　他的脸像是斧头劈出来的。

胡迪尼　真正可怕的是他的目光，鹰隼一样。

贝　丝　他要置你于死地。

胡迪尼　我知道。

　　　　他眼中满是杀意，他不会让我活着回来。

贝　丝　他很得意，你落到他手里了。

胡迪尼　他推出囚车，吓我一跳，好家伙，这哪是囚车，简直是保险柜嘛！

B区：

　　　　【莫斯科。利比德夫、囚车、一群警察。杀气腾腾。

　　　　【胡迪尼和贝丝。

　　　　【B区，哑剧，是A区讲述的呈现。

胡迪尼　……他说，这就是俄国！

他没说这是俄国的象征，他说这就是俄国。

你听听，这就是俄国！这就是俄国！

他就是俄国，或者囚车就是俄国！

俄国岂容挑战。

他监督着，让警察将我扒得一丝不挂。

这不算完，还把我放到桌子上，一名警察从头到脚检查，另一名警察从脚到头反向检查，不放过任何孔窍。

一遍不行，还要再检查一遍，检查两遍。

然后，将我翻过去，再检查两遍。

检查得非常仔细，每个汗毛孔都不放过。

我藏在脚底老茧中的一根细铁丝也被查出收走了。

那可是我的宝贝，我开锁就指望它了。

然后，给我铐上手铐，并用两条铁链子和一根金属棒加固。

然后，给我戴上脚镣。

然后，塞进解送政治犯的防逃囚车，锁上锁。

据说，只有一把开锁钥匙，掌管在西伯利亚一名警察手中。

从莫斯科到西伯利亚，有 21 天路程。

在被塞进囚车的一瞬间，我感到了恐惧。

这有可能是我的滑铁卢。

我要栽了。

B区：

贝　丝　（落泪）慢！

胡迪尼　（对我们）贝丝，我的至爱，她参与了我所有的魔术，见
　　　　证了我所有的荣耀。
　　　　危难时刻，她的智慧和爱——

B区：

贝　丝　此去关山万重，生死难料，请允许我和丈夫吻别。

胡迪尼　利比德夫，这个恶魔，不允许任何人靠近我。

B区：

贝　丝　只是一吻，难道你们连一个吻也害怕吗？

胡迪尼　（对观众）吻会创造奇迹！

B区：

贝　丝　众目睽睽下的一个吻，你们害怕？

胡迪尼　贝丝的激将法起作用了，骄傲的利比德夫同意我们吻别。

B区：

利比德夫　只是一吻，身体的其他部位不许接触！

贝　丝　亲爱的——

胡迪尼　亲爱的——

　　　　【二人身体渐渐前倾，如同慢动作，吻在一起。

　　　　【插入浪漫音乐。

　　　　【二人定格在那里。

胡迪尼　正是这一吻，贝丝将两件微型工具用舌头顶入我口中。

　　　　夜晚……

　　　　我从口中抠出工具，打开手铐脚镣，再打开保险柜一般

　　　　的囚车……

B区：

　　　　【哑剧表演：胡迪尼从囚车出来，关上囚车门。躲开押解

　　　　的警察，蹑手蹑脚离开。这一段要插入夜晚的声音，猫

　　　　头鹰叫声、虫鸣之类，还有警察的呼噜声、磨牙声等。

　　　　加入类似惊悚片的音乐，突然的梦呓声，酒壶落地的声

音，他站住——等待——紧张——刺激——有惊无险。

【贝丝在外边等着，二人拥抱，远走高飞。

胡迪尼　（对我们）贝丝是我的女神，她再次救了我。

（指着囚车）利比德夫说这是沙皇俄国，囚车就是沙皇俄国！

瞧，在十月革命之前，我已打败了沙皇俄国。

这件事鼓舞了俄国人民，囚车没什么可怕，警察头子没什么可怕，沙皇没什么可怕。

让囚车见鬼去吧！

让警察见鬼去吧！

让沙皇见鬼去吧！

自由，自由属于人民！

自由万岁！

【停顿。

（感叹）那是我的辉煌岁月。

贝　丝　你的名声传遍全世界。

胡迪尼　我实现了执法官的预言，成为一个举世闻名的人。

贝　丝　你是最棒的！

胡迪尼　贝丝，是你成就了我，没有你我将一事无成。

贝　丝　我只是最好的见证者，见证了你无与伦比的努力和不可思议的成功。

胡迪尼　你我是一体的，我们是一个整体。

　　　　我的荣耀就是你的荣耀。

　　　　【墙上钟表整点敲响，正是子夜时分。

　　　　【胡迪尼指示贝丝给他倒水。

　　　　【趁贝丝不备，他将一包药吞下肚中。

　　　　【胡迪尼肚子疼，他捂住肚子，蜷缩在沙发上。

　　　　【贝丝急得团团转。

贝　丝　刚才还好好的，怎么……

胡迪尼　那是回光返照。

贝　丝　不许胡说！

　　　　我去叫医生。

胡迪尼　（拉住贝丝）别，（指指墙上钟表）太晚了。

　　　　我没事。

贝　丝　（冲门外喊）比利——

胡迪尼　比利在哪儿？

贝　丝　在门口拦着记者。

胡迪尼　先别叫他，我有话对你说。

贝　丝　说。

胡迪尼　对不起！

贝　丝　为什么要说对不起？

胡迪尼　对不起！你参与了我所有的魔术，可是最后，青铜棺材的演出，我们不能合作了。

贝　丝　不要说这些。等你病好了，我们还可以合作。

胡迪尼　我说，如果，我是说，如果——

贝　丝　你想说什么？

胡迪尼　我说，如果我死了——

贝　丝　我不许你说死，你不会死的。

　　　　（激动）你发过誓的，你不会扔下我！

　　　　你不能死！

　　　　我不许你死！

　　　　我不答应！

　　　　我们是一体的，一体的，为了我你也要活着！

胡迪尼　亲爱的，我说的是如果、万一，这是个假设。

贝　丝　我不要假设，我要你活着，好好活着！

胡迪尼　但是——

贝　丝　我也不要但是，我只要你活着！

胡迪尼　好，亲爱的，不说这个，我们换个话题。

贝　丝　不许你再说不吉利的。

胡迪尼　好，不说不吉利的。我告诉你一组密码。

　　　　【胡迪尼让贝丝耳朵凑过来，他将密码告诉她。

贝　丝　这是什么密码？

胡迪尼　最后的密码。

贝　丝　最后的密码?

胡迪尼　对，最后的密码，只有天知地知你知我知。

　　　　如果……

贝　丝　不许说如果!

胡迪尼　那时我们可以凭密码取得联系。

贝　丝　不许说不吉利话!

胡迪尼　那，说说青铜棺材吧。

贝　丝　不说。

胡迪尼　说说那个道具，最重要的道具。

贝　丝　还不是一样。

胡迪尼　不一样。

　　　　如果有一天……

贝　丝　不许说!

胡迪尼　贝丝，我求你答应我一件事。

贝　丝　一万件我都答应。

胡迪尼　遗嘱在比利那儿，你要按遗嘱……

　　　　【胡迪尼呼吸急促，眼瞪得越来越大。

贝　丝　（十分着急）你怎么了，哈里? 哈里——

　　　　（突然恐惧起来，冲门外喊）比利，比利，快叫医生——

胡迪尼　（嘴里含混地咕噜出三个字）我……爱……你……（说

完，头一歪，死了。）

贝　丝　（撕心裂肺）哈里——

【比利开门进来。他身后跟一群记者。

【灯光熄灭，舞台全暗。

【落幕。

第四幕

一年后。

【贝丝家院子。树下。贝丝坐在藤椅上，盖着毯子，怀里放着剪报本，奄奄一息。

【她想站起来，试了试，站不起来，便放弃了。

【她神情温和，一副听天由命的表情。

贝　丝　（看着剪报本中的照片）哈里，你在那边过得好吗？

哈里，我想你。

哈里，我挺不住了。

哈里，我等你的信息等了一年，我什么也没等到。

哈里，我不打算再等了，我要去见你。

哈里，我好孤独啊。

哈里，我需要你，没有你我活不下去。

哈里，我们是一体的，生一起，死一起，这就对了。

哈里，我生命的火就要熄灭了，我也要到那边去了，我去找你。

哈里，到了那边，我还要和你在一起。

哈里，你想我了吗？

【一串自行车铃铛声。一辆自行车停在门口，邮差拿着一封信进来。

邮　差　贝丝女士，你的信。

【贝丝指指桌子，示意他放那儿。

【贝丝有气无力，引起邮差的注意。他走到她身旁。

邮　差　贝丝女士，你没事吧？

贝　丝　（笑）我就要见到哈里了。

邮　差　哈里，哪个哈里？

贝　丝　（笑）我就要见到哈里了。

邮　差　你是说哈里·胡迪尼，伟大的魔术师，你的丈夫？

贝　丝　哈里，我的哈里。

邮　差　贝丝女士，你做梦了吧？哈里，他去年就到了天国。

贝　丝　哈里在哪儿？

邮　差　（指指上方）上面，天国。

贝　丝　天国，我也要去天国。我们是一体的。

邮　差　您别吓我，我胆小。

贝　丝　（笑）天国也需要魔术，我去给他当助手。

【邮差见贝丝一直没起身，有些担心。

邮　差　贝丝女士，你吃饭了吗？

贝　丝　我要去天国。我要见哈里。

邮　差　（对我们）贝丝，她的魂已经被胡迪尼带走了，你们看，
　　　　她瘦得像一根枯树枝，生命的光正在熄灭，自从胡迪尼
　　　　去世，她就一蹶不振……

　　　　（对贝丝）贝丝女士，这封信，要不要我帮你拆？

贝　丝　拆不拆无所谓了。

邮　差　看邮戳，底特律来的。

贝　丝　（突然伸手）给我。

【邮差把信给贝丝。贝丝看信封。

贝　丝　（欣喜）这字，是他的笔迹，他的笔迹……

邮　差　谁的笔迹？

贝　丝　哈里，哈里的……

【她颤抖着拆信。

邮　差　（对我们）真见鬼了。胡迪尼死一年了。

【她从椅子上起来，把信捂在胸口，喃喃自语。奄奄一息
的人瞬间即行动自如，可见精神力量是多么强大。

贝　丝　是他，是他！哈里，我的哈里！

【邮差诧异，疑惑地看看她。

邮　差　（对我们）她是不是疯了？我该怎么办？

【敲门声，比利手拿一封信上场。

贝　丝　（惊喜）比利——

比　利　贝丝——

贝　丝　你怎么来了？

比　利　（打量贝丝）你瘦了，不过，精神还好，我真担心你挺不过来。

邮　差　她挺倒是挺过来了，可是——

比　利　可是什么？

【邮差将比利拉到一边，指指脑袋，意思是这儿出了问题。比利笑了。

比　利　我看不出来。

邮　差　她说胡迪尼给她写信了。胡迪尼的事你应该知道吧？

比　利　当然，还有谁比我更知道呢？

邮　差　可是，胡迪尼已经死一年了，死人怎么写信？

比　利　我知道，但是，也不一定，你要知道，他是魔术师！

邮　差　魔术师能从坟墓里爬出来写信吗？

比　利　最伟大的表演，莫过于战胜死亡。

【邮差蒙了，不理解他在说什么。

贝　丝　嘀咕什么呢，比利？

比　利　没什么。（他来到贝丝跟前）我们在说魔术呢，我这儿有一封信……

贝　丝　（二人同时）我这儿有一封信……

　　　　【他们笑了。

比　利　你先说。

贝　丝　（又是同时）你先说。

　　　　【比利做个请的手势，让贝丝先说。

贝　丝　我手里这封信，刚收到，是哈里寄来的。

比　利　我手里这封信，也是哈里寄的，寄给全美魔术师协会。
　　　　协会让我去辨别真伪，我一看，没错，哈里的笔迹，千
　　　　真万确！

贝　丝　我这封信，不但笔迹是哈里的，更重要的是……

比利、邮差　什么？

贝　丝　哈里生前和我有约，如果死后有灵，他会凭一组密码和
　　　　我联系。

比　利　信里有密码？

贝　丝　是，正是我们约定的密码！这密码除了我和哈里，不会
　　　　有第三人知道。

比　利　（吃醋）连我都不知道。

邮　差　（对我们）越说越玄了，再说，死人都能让他们说活。

贝　丝　那封信上说了什么？

比　利　我给你念念。"尊敬的会长大人以及各位同僚：
　　　　我想告诉你们的是，我完成了最伟大的挑战，从死亡中

遁逃。

青铜棺材坚，

死亡魔爪凉，

自由在召唤，

胜利大逃亡。"

下面是胡迪尼的签名。

贝　丝　我看看。

【比利将信交给贝丝，贝丝从里到外，反反复复看了好几遍，高兴得眼泪飞溅。

贝　丝　是哈里，是哈里！哈里没有死，他没有死，他和我们开了个玩笑，开了个玩笑。

……好残酷的玩笑啊。

【她又要哭了。

比　利　会长想让你再确认一下信的真假。

贝　丝　真的，千真万确，千真万确！

比　利　会长觉得这事匪夷所思……

贝　丝　哈里超越了时代，超越了生死，伟大的魔术从来都是匪夷所思的。哈里，最伟大。

比　利　会长让我问您……

贝　丝　什么？

比　利　问……

贝　丝　有什么不好说的，说！

比　利　会长让我问您，您同意开棺吗？

贝　丝　开棺？

【她没想过这个问题，一时愕然。

比　利　会长说只有开棺，才能弄清真相。

贝　丝　我不知道，我心里很乱，我没想过这个问题。

【一群记者突然拥入院子，纷纷照相和提问。

——胡迪尼夫人，请问胡迪尼真的从坟墓里遁逃了吗？

——胡迪尼夫人，请问胡迪尼之死是个骗局吗？

——胡迪尼夫人，胡迪尼和你联系过没有？

——胡迪尼夫人，您是否把胡迪尼藏起来了？

——胡迪尼夫人，胡迪尼之死是场演出吗？

——胡迪尼夫人，这是恶作剧吗？

——胡迪尼夫人，您认为这是魔术，还是魔法，或者是谣言？

——胡迪尼夫人，您会同意开棺吗？

——胡迪尼夫人，您难道不想知道真相吗？

——胡迪尼夫人……

【灯暗，落幕。

第五幕

【底特律街头，剧院外广场。

【广告牌上的海报不是胡迪尼，而是一幅抽象马戏画。

【装扮成小丑的张朝在做吞剑表演，他的表演水平比第一幕有很大进步，面前的钵子里叮叮当当落了一些钢镚儿。

张　朝　（向观众鞠躬作揖）谢谢，谢谢。

有钱的捧个钱场，没钱的……没关系，我知道你不是"气管炎（妻管严）"，你肯定是在考虑大事，出门时忘带了。那就动动你尊贵的双手，这个肯定随身携带（带头鼓掌，并鼓励观众），来点掌声，活跃活跃气氛。

大伙还想看什么节目？只要你报出来，我就——演出来……那是不可能的。要有那本事，我就不在街头卖艺，我就贴上海报，在大篷里演出了。

只要你报出来，我就会想一想，我会不会演，会演我就演给你们，不会演也请多包涵。

（有观众喊"大卸八块"）什么？大卸八块？卸倒是可以卸，不过卸完你们就可以和我作遗体告别了。

（有观众喊"变出一头大象"）什么？变出一头大象？

这么多人，大象要踩伤哪一位，我可担不起这个责任。

（有观众喊"脱逃术"）什么？脱逃术？那是胡迪尼的专利，我要有那本事，乖乖，我还会在这儿吗?!

观　众　那么，你说了：你这也不会，那也不能，你靠什么混饭吃？

张　朝　在家靠亲人，出门靠朋友。

承蒙朋友们抬举，我也不能不有所表示，显露一两手绝活。

【贝丝上场。

【贝丝表演了一两个魔术节目，众人叫好。

【张朝自惭形秽，拿起钵子，准备溜之大吉。

贝　丝　（拉住张朝）等等。

（她夺过钵子，化缘一圈，叮叮当当，收获不少，然后还给张朝）你的。

【张朝不接钵子。

张　朝　你是要侮辱我吗？

贝　丝　我没这个意思。

（道歉）对不起，如果我伤了你的自尊，请原谅，我不是有意的。

张　朝　（向观众鞠躬）对不起，今天演出到此结束。谢谢大家捧场！谢谢！谢谢！

（转向贝丝）谢谢，我领教了你的魔术，的确很高明。

（他接过钵子）钱给你。

贝　丝　（再次道歉）对不起，我不是为了钱，更不是来砸场子的。

我只是一时兴起，我一年没表演过魔术了，看到你表演魔术，我好开心，帮你助助兴，对，助兴（她为找到合适的词而高兴），我只是助兴。请不要误会。

张　朝　钱……你真的不要？

贝　丝　不要。

张　朝　（将钱装进自己口袋里）你是魔术师，哪会看上这个小钱。

不像我们跑江湖的，就靠这个吃饭。

（准备离开，又停下来）你刚才说，一年没表演魔术了，为什么？

贝　丝　我爱人去世了。不，我以为他去世了。

张　朝　对不起，我不该提伤心事。

贝　丝　没关系，现在没关系了。

曾经，一年来，我深陷悲痛，无法自拔，生命之火日渐黯淡。

我吃不下，睡不着，日夜思念，形销骨立，气若游丝，只有等死的份儿。

张　朝　你们感情一定很深。

贝　丝　我们是一体的，他走了，我不能独活。

张　朝　这可不是他的心愿。

　　　　（打量贝丝）一体的，一体的，有人也曾这样说过。

　　　　你们是一个整体。

　　　　您……是胡迪尼夫人？

贝　丝　你看过我演出？

张　朝　刚刚。

贝　丝　我是说以前？

张　朝　想看来着，可是没有钱。

　　　　（对着我们）胡迪尼夫人，贝丝，她，是她！

　　　　我没想到她会找来。

　　　　我没想到她竟然找到了我……

贝　丝　那你怎么知道我是胡迪尼夫人？

张　朝　我……听说过。

贝　丝　听说过？

张　朝　我猜的。

贝　丝　猜的？

张　朝　也许我猜错了，请原谅。对不起，我要走了。

　　　　【他想逃走，被贝丝拉住。

贝　丝　你没猜错，我是胡迪尼夫人。

张　朝　有事吗?

贝　丝　有。真有事。我想向你打听一个人。

【张朝打自己一嘴巴，怪自己多嘴。

张　朝　谁?

（对我们）还能是谁，除了……

贝　丝　胡迪尼。

张　朝　夫人，你别吓我，我胆小。

贝　丝　别害怕，听我慢慢说。

就在几天前，我病入膏肓，快要死了。

我也准备好，要走了，要去见我的爱人，去那边与他会合。

死，没什么可怕。不但不可怕，还是一种慰藉，因为，我要去与他会合，（微笑）这正是我向往的，我求之不得。

与死相比，活着才可怕，思念才可怕，活着，每一天，每一分，每一秒，都是折磨。

没有他陪伴，这个世界如此冰冷，如此黯淡，如此荒凉，我不想待在这个没有他的世界上。我准备好了，我要去与他会合……

张　朝　（还想逃走）夫人，对不起，我该走了。

贝　丝　等等，我长话短说。

这时候，我是说，在我快死的时候，奇迹出现了。

张　朝　奇迹？

贝　丝　百分之百的奇迹，世间最大的奇迹！我收到一封信——

张　朝　信？

贝　丝　哈里的信。

张　朝　哈里的信？是胡迪尼的信。

贝　丝　哈里·胡迪尼，我习惯叫他哈里。是哈里的信，千真万确。

张　朝　当然，千真万确。我知道。

贝　丝　是他，哈里，他在和我联系，他来拯救我。

他不让我死。他不许我死。他说他活着，在这个世界上。他活着，我就没有理由死。我们是一体的。一个整体。我没有权利死。我必须活着。活着。于是，我又活过来了。

信是从底特律寄出的，就是这个邮局。（她指指身后）

张　朝　没错，是从这儿寄出的。

贝　丝　我想知道，他是怎样做到的。

张　朝　他做不到。

贝　丝　他做到了！

张　朝　（对我们）我知晓所有的秘密，但我不能说。

贝　丝　我来这里，就是要感受一下，这里的空气，这里的气息，这里的光影……

还有，他的存在。

我知道他在，在这里，在这个城市。

我来到这里，来到他在的城市……我来啦！我相信他活着。他在这里。他在。

可是——

（停顿）他在哪里？他为什么不见我？为什么？为什么？为什么？

（停顿）你是我遇到的唯一与魔术沾边的人。

（停顿）你见过哈里吗？

张　朝　哈里？

贝　丝　哈里·胡迪尼。

张　朝　哈里·胡迪尼？

贝　丝　哈里·胡迪尼！

张　朝　我见过他……的海报，去年贴在这儿。

（他指指后面的广告牌）现在，没了。

贝　丝　我是说你最近见过他吗？

张　朝　最近？

贝　丝　最近。

张　朝　最近有多近？

贝　丝　（掏出一封信）这上面有邮戳，你看。

张　朝　（接过信，看一眼。）夫人，是够近的。

贝　丝　他到邮局寄信，会走过这儿，你也许见到过他。

　　　　他的样子，你应该能认出来。

张　朝　那可真是见鬼了。

贝　丝　不是鬼，是人！

　　　　他还活着。

　　　　活着。

张　朝　他去年就死了，报纸上登过，装在青铜棺材里，运回纽

　　　　约，埋在……什么公墓里。

　　　　葬礼很隆重。

　　　　还说他……伟大，是的，伟大，我记得报上是这么说的。

贝　丝　你相信人死后有灵吗？

张　朝　我……相信人是有灵魂的。

　　　　可是，人死后，灵魂去了哪里？

　　　　我不知道。

贝　丝　（丢给他一份报纸）你看看这个。

张　朝　《纽约时报》，今天的。

　　　　（展开）《胡迪尼归来！》。

　　　　（读）"日前，魔术师协会收到一封署名胡迪尼的信，信

　　　　上说，我完成了我最伟大的演出，从死亡中遁逃。还附

　　　　了一首诗：

青铜棺材坚，

死亡魔爪凉，

自由在召唤，

胜利大逃亡。"

（对我们）他还挺幽默。内容，原来是这样。

贝　丝　往下，还有。

张　朝　（读）"经笔迹鉴定专家鉴定，信是胡迪尼亲笔所写。

同时，胡迪尼夫人也收到一封信，信上是一组他们约定

的密码。

种种迹象说明，胡迪尼已逃出坟墓，重返人间。"

（对我们）瞧，他完成了不可思议的创举，创造了奇迹，

他已成为传奇。

贝　丝　再读。

张　朝　（读）"有人认为这是伟大的表演，有人认为这是魔法，

还有人认为这是恶作剧……

这件事引起巨大轰动，魔术师协会正在考虑开棺检验，

但前提是必须征得胡迪尼夫人同意。企业家卡内基表示

愿意提供一百万美元，作为开棺的精神补偿。"

（对我们）好大一笔钱！她能经受住诱惑吗？

贝　丝　还有一篇评论。

张　朝　《胡迪尼的伟大奉献》。

（读）"与其说胡迪尼和死神开了个玩笑，不如说胡迪尼和世界开了个玩笑。

大家还记得胡迪尼生前最后要表演的节目是什么吗？从棺材中遁逃。

据说胡迪尼从博叶敦棺椁公司订购了青铜棺材，可是这个节目后来被取消了。青铜棺材哪儿去了？安葬胡迪尼用的就是这副青铜棺材。

我们是否可以这样猜测，胡迪尼将他最后一场表演搬到现实生活中，他'死亡'，然后，被埋葬，然后，他从青铜棺材中逃出，然后，又从坟墓中逃出，从而完成一场不可思议的演出……

试想，如果猜测属实，胡迪尼这场演出该是多么惊世骇俗啊！

如果我们猜测错了，这又是多大一个谜啊！"

（合上报纸，转一圈，寻找合适的词语）报纸，报纸，真能胡诌。

（对我们）不过，这也不怪他们，毕竟知晓秘密的只有我一个人。我信守诺言，决不说出去，决不说出去……我不会告诉任何人我所知晓的秘密，不会，决不会……

【他陷入恍惚之中。

贝　丝　现在你还不相信吗？

张　朝　相信什么？

贝　丝　相信奇迹。

张　朝　奇迹，奇迹，奇迹……

　　　　【落幕。

第六幕

【时间与第一幕相同。场景，第一幕剧院外一角的扩展。路灯已经亮了。剧院外小广场显得空旷，墙上贴着一张马戏团演出海报，海报上是胡迪尼巨大的头像和名字。

【海报下，打扮成小丑的张朝正在变魔术，嘴里吆喝着"走过路过不要错过，有钱的捧个钱场，没钱的捧个人场"之类的话，他手法拙劣，引不起人们的兴趣，面前一个看客也没有。地上放着用来乞讨的钵子，钵子里有几个钢镚。街上行人稀少，都是匆匆而过，无视他的存在。不时传来各种噪音：汽车的刹车声、自行车的铃铛声、马蹄声，等等。

【胡迪尼身穿黑斗篷，帽檐压得很低，让人看不到他的面容。他缓缓走到张朝旁边，停下脚步，倚着墙，手捂着肚子，看张朝变魔术。

【张朝看他一眼，将一个戏法变完，向胡迪尼摊摊手。

张　朝　运气不错，老兄，总算开张了，这是一个好兆头。

　　　　（停顿）明天，也许……谁知道呢，说不定运气会更好。

胡迪尼　（不太明白他的意思，指着地上的钵子）今天的收入？

张　朝　（将钵子里的几个钢镚装进口袋）这是引子，本钱。

　　　　（他把钵子倒过来，一个子也没掉下来）瞧，今天的收入。

胡迪尼　你刚才说总算开张了。

张　朝　没错，是开张了。

　　　　连着几天没有一个看客，今天，现在，你站在这儿看我表演，可不就算开张了。

　　　　你给我带来了人气。尽管只有一个人。有了人气就不愁没有生意。

　　　　如果你能掏出一个小小的钢镚，

　　　　（他将空钵子举到胡迪尼面前）对你来说，只是九牛一毛，你将见证一个伟大的时刻，一个表演艺术家，（他指指墙上的海报）像他一样，向辉煌的事业迈出第一步。

胡迪尼　（从口袋里摸出一枚金币，犹豫着要不要施舍）这是一枚金币，一枚金币。

　　　　（他将金币用大拇指弹起，金币在空中翻滚，落下来，他又接在手中）猜，正面反面？猜对了，是你的。

张　朝　正……反面。

胡迪尼　（摊开手）瞧！

张　朝　（很失望，给自己一耳光）我本来要猜正面的。

胡迪尼　你可以再猜一次。

张　朝　真的？

胡迪尼　（将金币弹到空中，再接住，捂在手中）猜。

张　朝　（犹豫之后，下了决心）正面。

胡迪尼　（摊开手）瞧！

张　朝　（懊恼）敢不敢让我再猜一次？

胡迪尼　（又重复了一次抛金币的过程）最后一次，猜。

张　朝　（祷告了一下）正面。

胡迪尼　（摊开手）瞧！

张　朝　（向胡迪尼作揖，收拾简单的道具，准备离去）收好你
　　　　的金币吧，先生。

　　　　外财不富命穷人，我没这个命。不过，还是要谢谢你，
　　　　你毕竟是我的第一个观众。

　　　　但愿我夜里能做个好梦，梦到你……

胡迪尼　恐怕你是想梦到金币吧。

张　朝　我更想梦到棺材。

胡迪尼　为什么要梦到棺材？

张　朝　在我们老家，梦到棺材就是要升官发财。

胡迪尼　　不懂。

张　朝　　你当然不懂，你又不是中国人。

胡迪尼　　你是中国人？

张　朝　　你不会是移民局的吧？（落荒而逃）拜拜！

胡迪尼　　喂——你的钱掉了。

张　朝　　（返回来在地上找钱）哪儿？在哪儿？

　　　　　（他掏出口袋里的钢镚数了数，一个不少）你骗我。

　　　　　（停顿）你不是移民局的？

胡迪尼　　你看我像移民局的吗？

张　朝　　（试图看清胡迪尼长什么样，胡迪尼把面孔遮得更严）

　　　　　你脸上刻有字，怕我看？

胡迪尼　　刻有字。

张　朝　　怪人。

胡迪尼　　（趁张朝不注意，把金币丢他身后）那儿，你的钱。

张　朝　　（转身，看到金币）嗯？

胡迪尼　　你的钱。

张　朝　　（捡起金币反复打量）我的？

胡迪尼　　你的。

张　朝　　（把金币塞给胡迪尼）你的！

胡迪尼　　你为什么不要？可以买……

张　朝　　君子爱财，取之有道。（再次离去）

胡迪尼 等等。

张　朝（站住，转过身）玩什么花样？耍我？

胡迪尼（走过去）我可以信任你吗？

张　朝 我们萍水相逢，你干吗要信任我？

我难道长着一张让人信任的脸？

先生，我给你一个忠告：一般来说忠告也是要收钱的，

不过，看在你是我第一个观众的分上，白送你。

（停顿）千万不要信任陌生人。

胡迪尼 我信任你！

张　朝 别介，我们之间还谈不上信任，不要说信任，我们还不

认识呢。

（对我们）信任一个不认识的人，不是傻子，就是疯子。

（停顿）可他看上去，不像傻子，也不像疯子。

二百五，也不像。

他，真是难以捉摸。

胡迪尼 你想不想挣钱？

张　朝 想。做梦都想。不想挣钱，我大老远从深圳跑到美国干

吗？

（对我们）深圳——这个小渔村，谁听说过呢，我以后

要说来自香港。香港，要不，广州也行。

人们说美国遍地是钱，走路用脚踢着钱走，还嫌碍事。

（他用脚踢了几下）可是，你瞧，是那么回事吗？

胡迪尼　　我给你一个挣钱的机会。

张　　朝　（拉住胡迪尼的手）你真是我的贵人，先生。

　　　　　（对我们）刚才我以为我今天的运气用完了，没想到还有。

　　　　　看来谁有多少运气，真说不准，有时候运气来了，门板也挡不住。

胡迪尼　　（掏出一袋金币，在手上掂着）这里有二十枚金币，雇你帮我做件事。

张　　朝　（惊诧）什么事？杀人放火我可不干。

胡迪尼　　不杀人，也不放火。

　　　　　【附耳低言。

张　　朝　就这？

胡迪尼　　就这。

　　　　　（将一袋金币放张朝手中）这是报酬。

张　　朝　（不敢相信，他看看袋里的金币，拿出一枚用牙咬一下，对我们）

　　　　　真的，真的是金币！我从没见过这么多金币，发财啦！

　　　　　我说什么来着，运气来了门板都挡不住。

胡迪尼　　纯金的。

张　　朝　全给我？

胡迪尼　全给你。

张　朝　现在就是我的?

胡迪尼　现在就是你的。

张　朝　天上掉馅饼了。

【剧院里传来紧张不安的声音。两个人同时谛听。

【胡迪尼用斗篷将自己遮起来，蹲到墙角，竖起食指在嘴唇前，让张朝替他保密。

【马戏团两名工作人员从里面出来，慌里慌张，东张西望，寻找着什么，对张朝视而不见。他们一无所获时，才过来向张朝打听。

工作人员甲　你看到胡迪尼了吗?

【张朝摇头。

工作人员甲　（指指头顶的海报）就是他，魔术师，胡迪尼。

【张朝摇头。

工作人员乙　没看到他从里面出来吗?

【张朝摇头。

【他们转了一圈，又回到张朝身旁。

工作人员乙　你真的没见到胡迪尼吗?

【张朝摇头。

工作人员乙　能去哪儿呢?

工作人员甲　（讽刺）不愧是脱逃大师。

【他们回到后场。

【张朝揭开胡迪尼身上的黑斗篷，端详胡迪尼。

张　朝　你是——

【胡迪尼用食指按住他嘴唇，不让他说出来。

胡迪尼　我是谁不重要，重要的是我雇了你。

张　朝　（将金币还给胡迪尼）你要我？如果你给一枚金币，我干。你给一袋金币，我不干。

胡迪尼　（惊讶）为什么？

张　朝　一枚金币，是报酬，劳动所得，我心里踏实。

一袋金币，是收买，如果不是违法的事，你干吗出这么多钱？

胡迪尼　没错，单说报酬，一枚金币足矣。

（停顿）为什么给你这么多？

剩下的是封口费，也就是说，你要严守秘密，一辈子不说出去。

（停顿）至于违法不违法，我向你保证，绝对不违法。

张　朝　你不怕我拿了钱颠儿了，消失得无影无踪吗？

胡迪尼　如果发生这样的事，不怨你，怨我！

我活该，谁让我看错了人。

张　朝　你这是赌博。

胡迪尼　人生就是一场场赌博。

选择职业，选择伴侣，选择朋友，选择生活方式……

哪一样不是赌博！

张　朝　愿赌服输？

胡迪尼　愿赌服输。

【胡迪尼将斗篷塞给张朝，一闪身消失了。

【张朝谛听，剧院里传来雷鸣般的掌声和呼哨声。

【张朝抬起头看着墙上胡迪尼的海报。

【他掂掂手中那袋金币，沉甸甸的，并没随魔术师的消失而消失。

【他看看斗篷，一切都是真的。

【落幕。

第七幕

【子夜。罗伯特宾馆背面。

【侧面的霓虹灯亮着。窗子都是黑的。

【异常安静。

【宾馆后面有一棵树，张朝扛着梯子躲在树的阴影里。

【扛着梯子出来，数数窗口，将梯子靠到某个窗口下面。

张　朝　（对我们）他说不违法，这就叫不违法？但愿不违法。

（停顿）现在是子夜吗？我没有手表，也没有怀表。

是，还是不是？不是？我猜也不是。不过，早来比晚来
强。

（他朝上面看看）这么鬼鬼祟祟，不违法？

（对我们）这真是一项莫名其妙的差事。

他，胡迪尼，脱逃大师。

世界上没有任何一座监狱能关住他。

他总是创造奇迹，创造奇迹，创造奇迹。

天啊，我要能像他那样有名就好了，哪怕有他十分之一
的名声也好。

他刚在这个城市演出过几场，一票难求，红得发紫。

但是——

（停顿，若有所思）他，脱逃大师，从宾馆逃出需要我帮
助？还要借助梯子？

真是咄咄怪事。

再说了，他有贝丝，干吗要雇用我？这说不过去。

莫非，他们的合作出了问题？不，这不是演出，合作什
么？谈不上合作。

那么，一定是婚姻出了问题！对，肯定是的！他这是逃
婚！

如果是这样，他可真够信任我的。

我喜欢被人信任，尽管很有压力。

【停顿。

常看戏的朋友们，你们对这种剧情大概不陌生，古今中外的戏剧中有不少这样的桥段，说的大都是情人相会，不过，我和胡迪尼可不是情人。

我的性取向很正常，我不是 GAY（同性恋）。

【两个保安拿着手电筒巡逻，张朝赶快将梯子扛到树后藏起来。

【保安没发现张朝和梯子，他们其实不是巡逻，他们只是在墙根小便而已。小便时其中一个吹着口哨。

【保安小便后回去，张朝又将梯子扛出来，放到刚才的位置。

【他受到惊吓，心脏狂跳。

不违法，我干吗要躲呢？如果保安问我："大半夜你扛个梯子干吗？"我该怎么回答？我说："没什么，先生，我在散步。""散步干吗要扛个梯子？""锻炼身体，先生，这叫负重散步。"你说，他们会信吗？

【从窗口丢下来一个纸团，砸到张朝身上。张朝捡起纸团展开看，是一张白纸。正反面都看看，没字。他朝上面看看，一只手从窗口伸出，招呼他上去。

【张朝爬上梯子，很快又下来。

他竟然裸体。一个大男人，裸体，像刚从娘胎里出来。

他没有不好意思，我只是怕看他。那个东西像钟摆一样晃荡，嘻——

我刚说过我不是 GAY，他就给我来这么一下子。我的小心脏啊，快承受不住了。

天啊，他好白。

不，不，不，我不是个 GAY，我只是说他好白，他就那么白。

这是客观事实。如此而已。

他也不是 GAY，他没勾引我，我向你们保证，他没这个意思。

他向我要黑斗篷，黑斗篷！

幸亏我带着。

拿了人家二十枚金币，做事就得周到。

【他到刚才藏身的树下拽出一件黑斗篷，拿着重新爬上梯子，将斗篷塞进窗子。

【穿黑斗篷的胡迪尼从窗口爬出，缓慢地顺着梯子下来。这个过程很艰难。看得出他身体很差。张朝保护着他，怕他从梯子上掉下去。

他的身体比三天前差远了。你瞧，走路就像踩在棉花上一般。

我怀疑，他是舞台上那个无所不能的人吗？

他是。我刚看过他的裸体，算是验明正身吧。

可是，舞台上的风采呢？怎么一丝一毫也看不到？

（得意）告诉你，我刚才还看到一副青铜棺材，你知道这预示着什么吗？

如果你是中国人，你会晓得的——棺材棺材，升官发财。

【张朝将梯子藏到树后，搀扶着胡迪尼下。

【落幕。

第八幕

七天后。

【一个宽敞简陋的房间。侧面有门。正对着我们的是一个方形窗子。窗帘拉到一边。正值黄昏，透过窗子能隐约看到外边的景象：树枝、楼房、烟囱，等等。

【一床，一桌，一椅。

【床边有一个衣架，衣架上挂着黑斗篷。

【桌上有热水瓶和两个杯子、一份报纸。

【椅子上放一脸盆，盆里有半盆水。

【墙上有一个老式挂钟，指针走动的声音很响，整点会报时。

【窗外的光线越来越暗，远处的景物渐次消失。

【一群乌鸦掠过窗口，叫声传进来。

【胡迪尼半靠着床头，头上搭着湿毛巾，出神地看着窗外。

【窗外树枝晃动，落叶扑打着窗玻璃。

【张朝走过去检查窗子是否关严。

胡迪尼　你听——

张　朝　起风了。

胡迪尼　不，不是风，是音乐。

　　　　（他气息微弱，许多话让人难以听清楚，张朝必须重复，以确认自己没有听错。）

　　　　【张朝谛听。

　　　　【不知何处传来《沉沉入睡》的曲子。

张　朝　音乐。

胡迪尼　我听到了美妙的音乐。

张　朝　音乐。

胡迪尼　每次我被放入水中，听到的都是这曲子。

张　朝　曲子。

胡迪尼　我又要被放入水里了。

张　朝　什么？

胡迪尼　我又要被放入水里了。

张　朝　水里。

胡迪尼　铁的束缚。

张　朝　铁的束缚——镣铐。

胡迪尼　密闭的容器。

张　朝　密封的容器——金属罐。

胡迪尼　我还能逃出吗？

张　朝　逃出？

【胡迪尼看着窗外，进入冥想之中。

【张朝不明白他在看什么，又检查一遍窗户。

张　朝　一块玻璃松了。

胡迪尼　（转过脸来）我和死神开过无数次玩笑。

张　朝　（笑笑）敢和死神开玩笑，（竖大拇指）佩服！

胡迪尼　每次死神过来，我都背过脸去，不看他。

张　朝　不看他，没人愿意看他。

胡迪尼　我不喜欢他。

张　朝　没人喜欢他。

胡迪尼　我只喜欢和他开玩笑。

张　朝　和死神开玩笑？嗯，开玩笑，好，开玩笑。

胡迪尼　现在，死神就在门外。

张　朝　（过去扒着门缝往外看）门外？

胡迪尼　你看不到他。

张　朝　看不到。

胡迪尼　他冲我来的。

张　朝　冲你？

（对着我们）死神，我是看不到，但我知道他说的没错，死神就在门外。我能感觉得到。他已高烧一周了，我没想到他能扛这么久。今晚——（他摇摇头）

他不让请医生。他说请医生也没用。我必须听他的。

当初我答应过他，我要信守诺言。

他真是个怪人，不可理喻。

他宁愿一个人在这陌生的屋子里等死，不要亲人陪伴。

我？我算他什么人呢，我就是个临时工。

唉，我到底在干什么？

我很后悔。我不该答应他。我心里很不安。

现在，晚了，我必须陪他玩下去。

【他对着门做个鬼脸。

死神，啊——

我把他吓跑了。

胡迪尼　我就要从这儿出去了。

张　朝　出去？你要去哪里？你现在的状况——

胡迪尼　去灵魂该去的地方，那里——

张　朝　灵魂？（他明白了）谁知道存在不存在。

（拿出那袋金币）有些东西没有必要带入坟墓，比如——

胡迪尼　脱逃术？

张　朝　什么？我没听清。

胡迪尼　脱逃术。

张　朝　脱逃术，是，你伟大的脱逃术！

（讨好，商量的语气）你最后再赚一笔，把脱逃的秘密卖给我吧。

胡迪尼　用我的钱，买我的秘密？

张　朝　我的钱！

胡迪尼　我给你的。

张　朝　现在是我的。

胡迪尼　是你的，你收好了。我要钱干什么？

张　朝　嗯，这倒是个问题。

不过，也许，你可以拿这些钱把门外那个讨厌的家伙打发走。

胡迪尼　讨厌的家伙？

张　朝　你说的，死神。

你刚才说，他就在门外，我还扒着门缝看了看，虽然没看到。

你喜欢和他开玩笑，就是那个家伙，死神。

胡迪尼 你让我用钱贿赂死神？

张　朝 贿赂，俗话说，有钱能使鬼推磨。（他将钱袋弄得哗哗
响）

胡迪尼 不，我不干。

我宁愿拿钱打水漂，也不贿赂那个讨厌的家伙。

决不！

【风吹动树枝，刮在窗玻璃上，声音刺耳。

【胡迪尼在听这声音。

【张朝又去检查窗子。

张　朝 风。

看来要下雨。

【张朝拿起桌上的报纸，往窗缝里塞。

胡迪尼 （抬起手，让张朝将报纸拿过来）报纸。

张　朝 报纸？

【胡迪尼点头。

【张朝拿着报纸走到胡迪尼床边。

没什么新闻。

胡迪尼 读给我听。

张　朝 "卡内基钢厂工人罢工　劳资双方对峙……

"卡内基钢厂工人罢工进入第十天，罢工工人阻止新工人
进厂……"

胡迪尼　下一版。

张　朝　下一版，"美国独立150周年纪念活动……"

胡迪尼　下一版。

张　朝　"费城世界博览会参观人数创纪录……"

胡迪尼　下一版。

张　朝　"美国电气商协会成立……"

胡迪尼　下一版。

张　朝　下一版，你想听什么？

胡迪尼　我的葬礼。

张　朝　你的葬礼？

胡迪尼　嗯。

张　朝　（翻动报纸）你看到了？

胡迪尼　读给我听。

张　朝　你怎么知道有你的报道？

胡迪尼　读。

张　朝　"大魔术师胡迪尼今日下葬……"（他停下来看看胡迪尼）

胡迪尼　读下去。

张　朝　你对自己的葬礼感兴趣啊？

胡迪尼　世人谁不对自己的葬礼感兴趣。

张　朝　感兴趣也没用，都看不到，唯独你是例外。

胡迪尼　读吧。

张　朝　"青铜棺材被用一节普尔曼车厢挂在底特律号列车上运回
　　　　纽约……"

　　　　青铜棺材，青铜棺材……

胡迪尼　怎么了？

张　朝　为什么要用青铜棺材？

胡迪尼　那是道具。

张　朝　道具？

胡迪尼　准备用来表演的。

张　朝　表演？

胡迪尼　没来得及用。

张　朝　你要表演从青铜棺材中遁逃？

胡迪尼　是。

张　朝　一定非常精彩。

胡迪尼　应该是的。

张　朝　可惜啊，遗憾啊，人们没有这样的眼福。

胡迪尼　读。

张　朝　"青铜棺材被运回纽约，在纽约大剧院的舞台上停留之
　　　　后，丧礼在马鹿俱乐部举行。

　　　　德拉奇曼法师致悼词：'胡迪尼拥有一种终生未向世人展
　　　　示的神秘力量，他是我们这个时代一位真正伟大的

人。'"

这个评价你满意吗?

胡迪尼 往下读。

张　朝 说你是一位真正伟大的人,没错,你够得上。

说你拥有一种神秘力量,也能理解。

可是,干吗要说未向世人展示,"终生未向世人展示的神秘力量",你不是一直在展示吗?我不明白他为什么要这样说。

胡迪尼 我明白。

张　朝 你真有没展示的?嗯,我似乎明白一点儿。不,我明白了。我全明白了。(兴奋)所以你不甘心。所以你要雇用我。所以你要再来一次表演。所以——

胡迪尼 接着读。

张　朝 你比他们想象的还要伟大。

(清一下嗓子,继续读报)"美国魔术师协会把一个花圈撕碎放在他的棺材上,低声吟唱:'帷幕最终落下,花环也已经折断。'"

你把他们都骗了,帷幕其实还没落下,压轴戏在最后。

【胡迪尼一阵咳嗽。

你没事吧?

胡迪尼 没事。

（停顿）我被埋在哪儿？

张　朝　埋在哪儿？我看看。

（继续读报）"然后，青铜棺材被抬到塞浦路斯山马奇坡拉赫公墓安葬。"

是你选的墓地吗？

【胡迪尼摇头。

那是谁选的？

胡迪尼　贝丝。

张　朝　贝丝？

胡迪尼　我妻子。

张　朝　你对墓地满意吗？

胡迪尼　完了吗？

张　朝　还有。

（继续读报）"墓地竖有一尊他亲手设计的胸像，这是这块犹太墓地中唯一的一尊雕像。"

完了。现在完了。（他翻翻报纸）就这么多，没了。

【胡迪尼笑了一下。

堪称完美，不是吗？

胡迪尼　（点头）人终有一死，这样也好。

张　朝　也好，还也好？很少人能够如此谢幕，青铜棺材——伟大——雕像，这还不够吗？

胡迪尼 青铜棺材是道具。

张　朝 道具？难道下葬不是用的青铜棺材？（停顿，感叹）可惜啦。

胡迪尼 可惜什么？

张　朝 可惜一副好棺材。

胡迪尼 道具！

张　朝 好吧，可惜了这个好道具。

胡迪尼 看作一次表演吧。

张　朝 表演，他们把胡迪尼埋了，可是胡迪尼逃了出来。

胡迪尼 不是吗？

张　朝 不是吗？是的，是的，是的，你做到了，可是，你到底为什么要这样做？做给谁看？

胡迪尼，你是伟大的魔术师，你得到了你能得到的一切，还不够吗？你还想要什么？一个人在这冰冷的房间里等死，这样做有意义吗？

你不是托尔斯泰，托尔斯泰死在小站上，全世界都看到了，你呢？在这儿等死，只有我一个人陪着你，你不觉得凄凉吗？你不觉得荒唐吗？

瞧，你在干什么？看着别人埋葬你，看着别人评价你，看着别人为你哭泣，很过瘾吧？

（停顿）不，我不是指责你，不是可怜你，我……对不起，我有些难过……

【张朝控制不住自己，哭起来了。

【挂钟"当"的一声响。

【胡迪尼挥一下手，一个手帕飘到张朝眼前，他抓住擦眼泪。

胡迪尼　我是魔术师。

张　朝　魔术师，我知道。

胡迪尼　魔术师就应该以魔术师的方式去死。

张　朝　以魔术师的方式去死，我不懂。

胡迪尼　你会懂的。

张　朝　（自嘲）看在二十枚金币的分儿上，我应该懂。（他擦去眼泪，努力振作起来）

胡迪尼　必须懂。

张　朝　必须懂！（振作起来）

【一阵秋雨打在窗玻璃上。

【张朝到窗前看看，再次检查窗子是否关严。

张　朝　下雨了。

【停顿。

【他们在听雨点打在窗子上的声音。

张　朝　这鬼天气！

（对我们）凄风苦雨，倒是适合现在的气氛。

我刚才那么难过，不是为胡迪尼，也不是为我自己。胡迪尼那么了不起，我哪有资格同情他。

我难过，是为人的不可知的命运。谁也不知道死亡在哪个街角等着，突然一转身就遇到了。一个创造奇迹的人尚且如此，何况我们这些小人物。唉，命运啊！

【看向胡迪尼，胡迪尼似乎在说什么，他走过去。

什么？

胡迪尼　　贝丝——

张　朝　　什么？说胡话了。

【他将他额头的毛巾拿下来，洗一洗，再敷上。

胡迪尼　　贝丝——

张　朝　　贝丝，你想她了？

（对我们）贝丝，贝丝，最后时刻陪伴他的应该是贝丝，他的妻子，而不应该是我。

他是不是后悔了？人总有脆弱的时候，尤其在这凄风苦雨的夜晚，在生命的最后时刻。

【停顿。

【胡迪尼挣扎着要起来。

张　朝　　小便？

胡迪尼　　小便。

【张朝从床下拽出一痰盂，伺候他小便。

张　朝　怎么没有声音？

你尿裤子上了。

胡迪尼　（抖了抖裤子）啊，真是的。

【胡迪尼小便后，张朝又将痰盂塞床下。

张　朝　（对我们）他的状态比刚才好多了。

（停顿）回光返照。

胡迪尼　（突然来了兴致）有酒吗？

（旋即意识到这个要求很荒唐）我知道没有。

【张朝神秘地笑笑，从报纸中变出了一瓶威士忌。

胡迪尼　（笑了）有进步。

张　朝　班门弄斧，见笑见笑。

【张朝打开酒，倒两杯，二人对饮。

中国有句诗，古来圣贤皆寂寞，唯有饮者留其名。

胡迪尼　可惜，我没去过中国，多么古老的国家啊。来，为中国

干一杯！

【二人干杯。

来，为我的永生干一杯！

【二人干杯。

张　朝　人生得意须尽欢，莫使金樽空对月。

（对我们）现在能算得意吗？胡迪尼得意过，可是，现在

不能说得意。

任何一个人，在他即将告别人世时，都不要用"得意"这个词。这时候，没有谁是得意的。不过，想这些干吗？喝酒！（二人对饮。）

（对胡迪尼）大师，能告诉我，成为伟大魔术师的秘诀是什么吗？

胡迪尼　我没什么过人之处，我只是洞悉人性而已。

张　朝　（对我们）你瞧，他给我扯什么人性。

胡迪尼　人生而自由，却无往不在枷锁之中。

张　朝　是这么回事。

胡迪尼　在社会中人是不自由的，因为有法律法规道德习俗种种限制——

张　朝　那是。

胡迪尼　人们内心渴望反抗——

张　朝　（对我们）都这样。

胡迪尼　我的逃遁天才——这方面我没有必要谦虚——使我成为一个象征。

　　　　一个自由的象征，一个反抗秩序的象征。

　　　　正是在这一点上，我成了英雄。

　　　　我的一生注定要成为传说。

张　朝　（对我们）他牛，他知道这个时代需要啥。

胡迪尼　人类共通的一点是，都渴望自由。

张　朝　（酸溜溜的）正好，你成了自由的象征，于是，你成了大名。

胡迪尼　我满足了人们的想象。

每个人都渴望从枷锁中逃脱出来，不管那枷锁是制度，是单位，是家庭，是婚姻，还是地域，总之，他们都想逃出来。

猴子想冲出动物园，鱼想飞上天，自行车想生出翅膀……

万事万物，皆有梦想……

张　朝　我的梦想是成为胡迪尼。胡迪尼的梦想呢？

胡迪尼　我……成为我自己吧。

张　朝　（碰杯）你运气好，实现了自己的梦想。

胡迪尼　这是我让人看到的一面。

张　朝　还有另一面？

胡迪尼　当然了。这另一面，正如魔术的手法，是不能让人们看的。

张　朝　是什么？

胡迪尼　汗水、勇气，还有直觉和想象力。

张　朝　汗水和勇气，我不缺，直觉和想象力……（摇头）是什么？

胡迪尼　以后你会知道的。喝酒喝酒。

【二人碰杯。

【停顿。

张　朝　你说过你信任我?

胡迪尼　没错。

张　朝　那,你能回答我一个问题吗?

胡迪尼　什么问题?

张　朝　一个记者会问的问题。

胡迪尼　不要提记者,你也不要接受记者采访。

张　朝　我不问你魔术的秘密。

　　　　我只想问,你是怎么骗过他们的,让他们以为你死了,
　　　　把你装进棺材里?

胡迪尼　这就是魔术的秘密。

张　朝　那你不用回答。

胡迪尼　我还是说给你听吧,现在你是我的助手,既然是助手,
　　　　你有权利知道其中的奥秘。

　　　　魔术师不对助手保密。

张　朝　这才是信任。

胡迪尼　我从印度瑜伽师手里买来一服药,趁贝丝不备吞下去,
　　　　使自己处于假死状态。

　　　　我留下遗言,让贝丝和助手立即将我装入青铜棺材中,
　　　　再也不许打开,除非到我一百周年忌日。

我估计他们没有一个人能活那么久。

这等于说，我一旦进入棺材，就不许任何人再打扰了。

贝丝和助手看我停止呼吸，身体冰凉僵硬，就照我的话做了。

我和贝丝有约定，如果死后有灵的话，我会靠一组密码与她联系。

我们曾表演过通灵把戏，可我们并不确定是否有灵。

棺材里面有机关，醒来后，我打开机关，从棺材里出来。

我将衣服留在里面。你不要问为什么。

总之，我是赤身裸体出来的。

助手们在别的房间。

贝丝守灵，她太累，睡着了。

我蹑手蹑脚走到窗口。

我算好我醒来是子夜时分，你应该在窗外等着我。

我推开窗子，你没在窗外，你在楼下。

（责备）你还在楼下。

你没按约定出现在窗口。

你没有在窗口等。（这一段用哑剧表现，配以神秘的音乐）

张　朝　（解释）有巡逻的。

胡迪尼　天啊，你没被发现？

张　朝　差一点儿。

胡迪尼　谢天谢地，之前并没有人巡逻。

张　朝　他们不是巡逻，是尿尿。

　　　　两个保安站在我放梯子的地方，对着墙根，哗啦啦，哗

　　　　啦啦——（他学保安尿尿的样子，小声吹着口哨）

胡迪尼　他们没看到梯子？

张　朝　我把梯子藏起来了。

胡迪尼　干得好！

张　朝　就这，你还说我迟到了，没按时出现在窗口。

胡迪尼　我没想到会有保安，还尿尿。

张　朝　谁都会有尿尿的时候。

胡迪尼　他们干吗不去厕所，要到墙根尿尿，多不文明。

张　朝　他们应该对着树尿尿，给树提供点养分，有机肥。

胡迪尼　可是他们对着墙根儿尿尿。

张　朝　他们没尿在墙根儿，而是尿在墙上。

　　　　他们暗中比赛看谁尿得高。

　　　　男人就这样，无时无刻不在比赛。

　　　　无论别的事怎样，至少在这件事上我比你强。

　　　　瞧，我尿得比你高。

　　　　尿完之后，尿得高的那个，故意用手电筒照照尿迹，无

　　　　声地炫耀。

另一个，假装没看见，抖一抖，骂一句鬼天气，走了。

天气招谁惹谁了，挨一句骂。

其实那天天气不错，你也知道。

胡迪尼　我快要翘了，你却大谈保安尿尿，这合适吗？

张　朝　不合适，不合适，扯得太远了。

该死的保安，尿什么尿啊。

胡迪尼　回来。

张　朝　回来。

胡迪尼　回到哪儿？

张　朝　回到哪儿？

胡迪尼　我……（他感到身体不舒服）

张　朝　我能再问一个问题吗？

胡迪尼　问吧。

张　朝　你怎么到了今天这个地步？

我是说，你的病是怎么来的？

你确定治不好了，还是，你想用生命谱写传奇？

胡迪尼　我视魔术为生命，我甘愿冒生命危险，去完成看似不可
　　　　能完成的任务。

但我珍惜生命，我不会拿生命开玩笑。

在我，死亡是偶然事件。是一次突袭。一个崇拜我的年
轻人，认为我无所不能，为了试探我，猛烈击打我的腹

部，引发阑尾炎和腹膜炎。

我没有就医，忍着剧痛，强撑着，继续巡回演出，直到倒在舞台上。（哑剧表现他被击打，忍受，强撑，倒在舞台上）

我不想被死亡打败，所以我雇用你来帮我完成最后的表演：从死亡中遁逃。

我要对世人说，我没有死，我只是进入了传说，成了传奇。

张　朝　你觉得这样对你夫人公平吗？

胡迪尼　公平吗？

张　朝　正如你所说，她参与了你所有的魔术，见证了你所有的荣耀，是你最伟大的助手。

可是，在最后时刻，你却撇开了她。

胡迪尼　撇开？

张　朝　她那么爱你，你甚至不让她陪伴在你身边，陪你度过这可怕的夜晚。

胡迪尼　陪伴？

张　朝　你知不知道这样很残忍？

胡迪尼　残忍？

张　朝　（像个法官，义正词严）为了进入传说，成为传奇，你知道你牺牲了什么吗？

胡迪尼　什么？

张　朝　你牺牲了爱，爱，爱！世间最珍贵的爱！贝丝对你的爱！

成为传说，你将活在千千万万人的脑海中，活在他们飞

扬的想象中。

可是——

你想过贝丝没有，她会怎样？

胡迪尼　怎样？

张　朝　她会活在虚幻之中。

你欺骗了她！你不该欺骗她！

胡迪尼　（强撑着站起来）你说的全对，可是——

张　朝　你没事吧？（他去扶他，他不让。）

胡迪尼　酒，给我，（他拿过酒瓶，对着瓶口灌）古来圣贤皆寂

寞，唯有饮者留其名嘛。

可是，你结过婚吗？

张　朝　没有。你不能喝太多。（他想要回酒瓶，胡迪尼不给。）

胡迪尼　你爱过吗？

张　朝　我爱过。那是在中国，我爱过一个女孩。

胡迪尼　她长得好看吗？

张　朝　她长得不好看，个子矮，皮肤黑，头发乱蓬蓬，声音也

不好听，

可是我爱她，我爱她胜过爱世上一切女子。

我愿意为她去死。

胡迪尼　后来呢？

张　朝　她嫁给了别人。

胡迪尼　爱过就好，爱过，你就能理解爱是什么。

传说，传奇，见鬼去吧！

我这样做，实话说吧，是出于爱，我对贝丝的爱。

我不知道你信不信，我和贝丝是一体的，我们是一个整体，没有她我活不下去。

同样，没有我，她也难以活下去。

所以——

张　朝　所以你设计这样一出戏，来拯救贝丝，让她活下去，哪怕活在虚幻之中。

胡迪尼　活在希望之中。

张　朝　我明白了，你忍受凄风苦雨，忍受和陌生人在一起，忍受最后的孤独，都是出于爱。

对不起，我原来以为你是出于自私，出于对伟大名声的渴望，看来我错了……

【墙上挂钟"当"的一声响，凌晨三点。

【二人看钟表。

【窗外在下雨，雨水打在窗玻璃上。

【门外响起脚步声。

胡迪尼 你听——

张　朝 雨。

胡迪尼 再听——

张　朝 雨下大了。

胡迪尼 那个可讨厌的家伙来了。

张　朝 谁?

胡迪尼 死神。

张　朝 啊?

　　　　　【电闪雷鸣。

　　　　　【门无声地开了。

　　　　　【一阵冷风吹进来。

　　　　　【暗场。

　　　　　【落幕。

第九幕

　　　　　【底特律街头，剧院外。场景与第五幕相同。本场是第五
　　　　幕的延续。

　　　　　【张朝与贝丝。

张　朝 （对我们）奇迹，奇迹，世上有奇迹吗? 反正我没看到

奇迹。

现在，聪明的观众，你们肯定已经猜出来了，信是我寄的。贝丝女士的信是我寄的，魔术师协会的信也是我寄的。

胡迪尼不可能寄信。他已经死了。我亲自埋葬的。他不可能从坟墓中爬出来寄信。

几天前，胡迪尼的忌日，我给她寄了第一封信。

那是胡迪尼留下来的信，这样的信我有一堆。

胡迪尼写的，交给我时已封上了。

内容，抱歉，我不知道。

胡迪尼嘱咐我，每年，在他的忌日，寄给贝丝一封信。

另外，再寄给魔术师协会一封信。

你瞧，我是一个守信用的人，受人之托，忠人之事。

我没有辜负胡迪尼的信任，我对得起二十枚金币。

看在金币的分儿上，我做我该做的。

我没想到她会信以为真。

我没想到她会找来。

我没想到她竟然找到了我……

我……我什么也不能说，我还是逃走吧。

【张朝要开溜，又被贝丝拉住。

贝　丝　先生，你一定见过他的，见过胡迪尼。

你看，邮局这么近，他去寄信，肯定从你面前经过，你不可能没见过他。

报纸上有他的照片，你再看看，没人不认识他。

你一定见过的。

【张朝将报纸还给贝丝。

张　朝　我真没见过，除非……

贝　丝　除非什么？

张　朝　除非他像耶稣一样复活。

贝　丝　他是复活了，真的。

这是一个奇迹。

或者，这是一个魔术，伟大的魔术。

他从棺材里遁逃了，从坟墓里遁逃了。

他战胜了死神，他创造了奇迹。

张　朝　夫人，如果说奇迹，我只相信一个奇迹，那就是——您得救了。

如果说胡迪尼能够创造奇迹，这就是他创造的奇迹。

你们是一体的，一个整体。没有您，他不能活。同样，没有他，您也不能活。

为了您能活下去，他必须永生。

于是，他创造了所谓的奇迹。

贝　丝　不是所谓的奇迹，是真正的奇迹。

信里面是一组密码，胡迪尼死前说给我的密码。

这组密码天知地知他知我知。

没有第三个人知道。

张　朝　（对我们）噢，原来信的内容是这，一组密码。

确实天知地知她知。还有胡迪尼知道。可是胡迪尼已经

死了。

贝　丝　这说明什么？说明他活着，他在与我联络。

张　朝　也许是鬼魂。

贝　丝　鬼魂？你看到鬼魂了？

张　朝　没有，没有，青天白日的，怎么会有鬼魂。

贝　丝　那，这信怎么解释？密码怎么解释？

张　朝　我能解释。

贝　丝　怎么解释？

张　朝　……也许真是胡迪尼从坟墓里爬出来寄的。

（对我们）见鬼，知道真相，却不能说，真难受。

我还是离开的好。

夫人，我还有事，不陪您了。

贝　丝　等一下。

张　朝　还有什么事？

贝　丝　……没有。

我……

你可以走了。

【张朝下。

贝　丝　哈里，我还能去哪儿找你？

【张朝又回来了。贝丝惊喜，若有期待。

张　朝　夫人，你会同意开棺吗？

贝　丝　开棺？我不知道。

张　朝　他说过死后一百年不许打扰他。

贝　丝　死后一百年，不许打扰，你怎么知道的？

张　朝　（掩饰）我听说的，听说的。

也许，或者，是我想象的。

在我们中国，人们一般不会去打扰死者的长眠。

贝　丝　他是这样说过，死后一百年，不许打扰。

（停顿）可是，他如果没死呢？

是的，他没死，他还活着。他给我写信，就从这儿寄出的。

死人是不会寄信的。死人会托梦。

他寄信了，他还活着。

张　朝　（对我们）是啊，死人不会寄信，死人要会寄信，他就不会付给我二十枚金币了。

夫人，你相信他还活着吗？

贝　丝　我相信他活着。

为了我他也会活着。

我不能没有他。

没有他我活不下去。

他知道他对我有多重要。

我要他活着!

活着!

我不许他死!

不许他死!

他——

他——

他也不会允许自己死。

不会!

张　朝　他不会允许自己死,所以……

（停顿）他要传奇般地活着。

所以,他要永生!

贝　丝　他是永生的,他不会死!

他是永生的!

永生的!

张　朝　我知道,他是永生的。(对着我们)当然,这是象征的说
法。

夫人,能告诉我吗,你开棺干什么?想看到什么?

胡迪尼的尸体，还是空空如也？

如果看到尸体——（对我们）当然这不可能，人们会失望。

如果看到棺材是空的，那么胡迪尼哪儿去了？

接下来会怎样？自然是刨根问底，寻找胡迪尼。

你觉得能找到吗？

贝　丝　也许能吧。

张　朝　"也许能吧"，你们相爱吗？

贝　丝　我们是一体的。

张　朝　如果他活着，他为什么不来找你？

贝　丝　（生气）我不知道。

　　　　我想过这个问题，可是——

张　朝　可是没有结果？

贝　丝　没有结果。

张　朝　是个谜？

贝　丝　是个谜。

张　朝　铸造传奇需要时间。

　　　　如果你每年收到胡迪尼一封信，如果魔术师协会每年收到胡迪尼一封信，持续十年、几十年、一百年，事情会怎样？人们是不是要一直谈论这件事，是不是一直猜测谜底，是不是渴望早日得到答案？

在中国，人们称死亡为"不在了"。如果一个人一直"在"，他就一直活着。永远"在"，他就永远活着。

一个人的生命并不仅仅存在于肉体中，他还存在于人们的记忆中。同样，一个人的死亡并不是由肉体的死亡完成的，而是由忘却完成的，当所有人都忘却这个人时，他才真正死亡。

一个人成为传说，他就进入了不朽者行列。胡迪尼正在成为一个传说，一个不朽者。

（停顿）夫人，您还要开棺吗？

贝　丝　我从没说要开棺。魔术师协会和我联系过，我没有答应。胡迪尼说一百年不许打扰他，我尊重他的意见。

张　朝　一百年，人们耐心一点儿，等一百年，等到 2026 年吧。那时，胡迪尼的最后一场演出，才真正落下帷幕。

贝　丝　亲爱的，我的爱人，你在哪里？

哈里，你在哪里？

你在哪里？

张　朝　（对我们）看她如此呼唤她的爱人，我的心都碎了。

胡迪尼，你拯救了你的爱人，

可是，这种拯救多么残酷啊！

这不是游戏，也不是传奇，这是爱情绝唱！

夫人，天不早了，你该回去了。

贝　丝　（对我们）胡迪尼生前留给我的密码，就是我年轻时喜
　　　　　欢唱的《玫瑰少女》。

　　　　　这是爱的密码，也是超越生死的密码，我唱起这首歌，
　　　　　他会现身，和我联系吗？

　　　　　（唱）玫瑰少女啊，可爱的玫瑰少女，我对你的爱如何
　　　　　能够表达，你用魔法让我如此着迷，我可爱的玫瑰少女
　　　　　啊，我爱你……

张　朝　如此美妙的歌声，死人也会被唤醒的。

　　　　　【胡迪尼出现在观众席后面，边唱边走向舞台。

胡迪尼　（唱）玫瑰少女啊，可爱的玫瑰少女，我对你的爱如何
　　　　　能够表达，你用魔法让我如此着迷，我可爱的玫瑰少女
　　　　　啊，我爱你……

　　　　　【胡迪尼走上舞台，二人合唱。

　　　　　【玫瑰色的光打在他们身上，如梦似幻。

　　　　　【音乐起。众演员合唱《玫瑰少女》。

　　　　　【当然，这是个超现实愿景。

　　　　　【落幕。

帷幕后的笑声（小说）

亲爱的兄弟，让我给你说说我跟随郤克出使齐国的经历吧。真是太好玩了，简直像梦一样。我也不知道郤克哪根神经搭错了，要带上我。我问过他，他说，你不乐意出来吗？我当然乐意了。作为一个插科打诨逗人发笑的侏儒，为不少外国使者表演过节目，但出国，却是头一遭。我说，我太高兴了，这样的美差落在我头上，我有点晕，不敢相信这是真的。我想，不知是哪位祖先积了阴德，得蒙大人这样眷顾。好了，嘴巴别这么贫，郤克说，记住，从现在起，你是使者，不是小丑。我说，我是一个做了使者的小丑。郤克说，不对，你是小丑做了使者。我说，这不一样吗，小丑，使者；使者，小丑。郤克说，不一样，做了使者的小丑还是小丑，小丑做了使者，就是使者。我说，做了使者的小丑还是小丑。我明白，小丑做了使者就是使者，但不还是小丑吗？郤克说，不是小丑了！我说，那，我也不是侏儒了。郤克说，不是了。我

114　　时间与疆域

说，可我还这么高。郄克说，即便这样，你也不是侏儒，你只是个子矮些罢了，你是使者！我说，那么，你也不是……我还没说出"瘸子"这两个字，郄克就生气了，用手杖戳着车底板，说，我是郄克大人，不是瘸子！马车夫吓了一跳，勒住马，回头问发生了什么事。我说，没什么，郄克大人说他不是瘸子。马车夫吐吐舌头，没敢接话，抖抖缰绳，继续赶他的马车。

我为什么胆敢冒犯郄克大人？亲爱的兄弟，我这样做一般人是难以理解的，你恐怕更难理解，但这是师父教给我的生存秘笈，即永远做一个长不大的孩子，童言无忌，否则国君养一个侏儒干吗？人们认为侏儒的智力和他的身高是相当的，那就让他们这样认为好了。要把智慧藏起来，像傻瓜那样生活。你看，这次郄克大人只是瞪我一眼，没再说什么，他不和我一般见识。

郄克大人是个瘸子。他最不能容忍的就是人们说他是个瘸子。你若当面说他是个瘸子，他会和你拼命。别看他个子小，年纪一大把，脾气火暴着呢。他的腿是和楚国打仗时受的伤。当时，他是大将，在战车上指挥作战，一杆长枪刺中了他右腿，血流如注。战事正胶着，他若倒下，非败不可。身边的鼓手看到满车都是血，要为他包扎，鼓点慢了下来，他呵斥一声别管我，一把夺过鼓桴，奋力擂鼓，气势如虹。晋军看主帅亲自擂鼓，精神大振，奋勇争先，一举击败楚军。这之后，他就成了瘸子。他很不甘心。可是不甘心也没用，瘸子就是瘸子，再也回不到原来的样子了。他本来脾气就古怪，腿瘸了之后，就更加古怪。他虽然走路不方便，但精气神仿佛比以前还足，走路昂着头，一副睥睨万物的神情。他上下车从不要人扶，如果有人好心去扶他，他会愠怒地给你一个难堪：你认为我是一个废人吗？诸如此类，不一而足。

我以为郤克带上我是为了给他解闷，增加旅途乐趣。一个侏儒小丑，除了说笑话、表演滑稽节目，还能做什么？使者，那是说给别人听的，你以为小丑做了使者，就真是使者，不是小丑了？我没那么幼稚。尽管我总表现得很幼稚，像个孩子，但我清楚我的身份地位。侏儒就是侏儒，小丑就是小丑。可郤克没让我给他说笑话，也没让我给他表演节目。他喜欢安静。他要么呆呆地看着飞掠而过的村庄和田野，要么打盹儿睡觉，一点儿情趣都没有。我要给他讲一个养龙的故事，他也不要听。在飞驰的马车上颠簸，郤克觉得苦不堪言，我却很喜欢。颠来颠去，我的身子更活泛了。虽然伴着这个怪人，但这一路仍然很开心，因为看到的一切都是新鲜的，村庄、田野、房屋、人民、集镇、道路，等等，都像刚诞生一样新鲜。人们说话吵架的口音腔调各色各样，有的如同唱歌，抑扬顿挫；有的带着尖细的尾音，好像每说一句话都要吹声口哨似的，很好玩。就连从田野里吹过来的风，也清新芬芳，令人惬意。

一路上，我听到不少好听的歌谣，也收集了一些有意思的故事，说起来话长，就不再说了，我主要给你说说到齐国首都之后的故事吧。

　　我们到临淄后，被安排在上等馆舍中。床铺被褥皆是新的，显然刚晒过，摸上去暖暖的，能闻到太阳的味道。厨师、丫鬟、杂役都很棒，也恭顺听话。门口执戟卫士高大威武。我们安顿下来后，卻克问我，你看出什么异样了吗？我说没有。真没有吗？我说我眼拙。看看他们的眼神。我说，没看出来。其实，怎么会没看出什么呢？接待我们的礼官尽管竭力掩饰，眼睛中仍然飘出狡黠的笑意。想想看，来自大国的两个使者，一个是瘸子，一个是侏儒，能不让人窃笑吗？后来，我才知道人们窃笑还有别的原因，这天齐国接待的使者并非只有我们，还有鲁国的公孙行父，他是个秃子；还有卫国的孙良夫，他瞎了一只眼；还有曹国的公子手，他是个罗锅。几国使者各有残疾，同时抵达，如此巧合，确实有趣。别说他们想笑，说实话，我也想笑。真是巧得不能再巧了。人们窃笑，乃人之常情，不必去计较。卻克过于敏感了，何必呢，装作没看见不就得了！只要不对你无礼，人们爱咋想咋想，管他呢。卻克说，齐人无礼，貌恭心非。我觉得卻克说重了，可是第二天发生的事情证明卻克的话不是说重了，而是说轻了。

　　第二天吃过早饭，我们被礼官引领着进宫，去晋见国君。齐国的宫殿装饰得很豪华，宫殿两侧垂下红色帷幕，完全遮挡了柱子后面的空间。宫殿的右侧竖一面大镜子，我们走过时能看到镜子中的映像。就是说镜子中也有一个瘸子和一个侏儒。我从未见过这么明亮的镜子。我第一次这么清晰地看到自己的容貌，不自觉地多看了一眼。我朝镜子做了一个鬼脸。镜子中的侏儒也做了一个鬼脸。郤克看我有失体统，拉了我一把。镜子中的瘸子也拉了侏儒一把。我原以为自己挺可爱的，没想到如此丑陋，这是我的容颜吗？简直叫人恶心，不由得心情大坏。我隐约听到帷幕后的笑声，似乎刚要笑，又捂住了嘴巴，所以听上去是很奇怪的声响。在我们身后，是鲁国的使者，一个秃子。他走过镜子时，也被镜子中的秃子所吸引，不自觉地摸了一下自己的秃顶。帷幕后又有奇怪的声响发出。接着进殿的是卫国的使者，他右眼瞎了，眼珠是白色的，看上去像个蚕茧。他同样在镜子前慢下脚步多看一眼，他也没见过这么明亮的镜子。他大概被自己那只瞎了的眼睛吓住了，皱了皱眉头。这时帷幕后又传来奇怪的声响，如同公鸡正在打鸣被捏住了脖子。最后进宫殿的是曹国的使者，他也被那面醒目的镜子所吸引，他在镜子里看到了另一个罗锅，多么丑陋呀，他肯定会这么想，从他的表情就能看出来。一个丑陋的人必须忍受自己的丑陋，多么无奈啊。帷幕后又传来奇怪的声响，我敢肯定那是笑声。随后，更令人惊异的一幕发生了，从镜子中鱼贯走出瘸子、侏儒、秃子、独眼人、罗锅。你肯定已经猜到了，并没有什么镜子，那只是个镜框而已。我们以为在镜子中看到的映像，都是我们的模仿者。瘸子走到郤克面前，侏儒来到我面前，秃子到鲁国使者面前，独眼人到卫国使者面前，罗锅到曹国使者面前。如此一来，我们每个人都像面前竖面镜子一样，我们和自己的影像待在一起。这时帷幕后爆发出一阵难以遏制的笑声。笑声如同一阵风吹得帷幕鼓了起来。笑声在大殿中回荡，像一群找不到出口的蝙蝠。这笑声是一个女人发出的，如一串铃铛散乱开在地上滚动，有的滚到我脚边，跳过脚面继续往前滚，直至滚到某个看不到的角落。有的弹跳着，越弹越高，碰到屋顶还不肯罢休。有的在原地旋转，越转越快，令人眩晕……所有使者目瞪口呆。谁这么大胆，这么无礼，这么放肆。瞧，齐国国君无野，这个大国的统治者，庄严地坐在宝座上，对帷幕后的笑声充耳不闻，毫不表态。没有制止，没有发怒，没有呵斥。他一本正经，至少看上去一本正经。你能感觉到一团气体在他体内膨胀，左冲右突，寻找出口，他竭尽全力压制这团气体，不使它出来。气体越来越多，胀得他难受，坐卧不安，他快要爆炸了。他终于绷不住，爆发出一阵山呼海啸般的笑声。他笑得从宝座上翻滚下来，捂住肚子，眼泪飞溅。宫廷里负责传递文书的宦官也笑了起来。这场面，好家伙，难得一见。一边是目瞪口呆的使者，一边是狂笑不止的主人。笑声像瘟疫，是会传染的。宫殿中笑的人越来越多。却克怒目圆睁，目眦尽裂。如果手中有剑，他会杀人的，我敢肯定。我从未见过这局面。作为宫廷里的侏儒，我也算是见过世面之人，可这种情况还是第一次见到。毫无疑问，却克也是第一次见到。其他几个使者也是第一次遇到。我们是引发笑声的人。我们是人们笑的对象。他们在笑我们，笑我们的残疾，笑我们残疾的集合，笑他们找来的具有同样残疾的人与我们"相映成趣"。真是别出心裁啊，真是肯花功夫啊，真是他娘的无耻。

此时，我忽然理解了却克的话，小丑做了使者就是使者，而不再是小丑。小丑唯恐不能引人发笑，而使者则不能容忍这等笑声。此时此地，我感到的是戏侮，一个使者所受到的戏侮。而不是一个小丑所受到的奖赏。如何对待这滚滚而来的笑声？撇开我使者的身份不论，如果我是一个旁观者，我不得不佩服齐君的想象力和喜剧导演才能，你看，他导演的这出喜剧，效果多么明显。我师父和我，不谦虚地说，都算是有喜剧天赋的人，我们的演出总是引发阵阵笑声，可从未达到这般爆笑效果。作为小丑，我欣赏齐君；作为使者，我应该反击。怎样对付这滚滚而来的笑声呢？最好的办法，莫过于以其人之道还治其人之身。模仿，谁不会呢？你能找人模仿我们，我就不能模仿你吗？那几个模仿的是我们的残疾和举止，我则要模仿你的动作和神态。此刻，我不做使者，让我做回小丑吧。说干就干。我开始模仿齐君。我突然捂住肚子，像憋了很久似的，猛然爆发出一阵疯狂的笑声。我的笑声单枪匹马，从所有的笑声中突围出来，一骑绝尘。所有人都注意到了我的笑声，目光全聚集过来。我成了焦点。我身旁的侏儒有些手足无措，他试图模仿我，但他不具备我这般的爆发力。他滚到地上大笑，肢体僵硬，笑声空洞，很是滑稽。我惟妙惟肖地模仿齐君从座位上翻滚下来的动作。没有人意识到我是在模仿齐君，他们以为我疯了。我身旁的侏儒，这个笨蛋，他竟敢模仿我，不要脑袋了。我刚才模仿了齐君笑的声和态，现在模仿齐君笑的调和神。齐君的笑有三点与众不同：一是肆无忌惮，如身在旷野，周围平展开阔，野马奔驰，来去自由。二是前宽后窄，如同牛角，越来越尖。三是绝处逢生，枯木抽芽，明明声音尖尖的尾巴已消失于空中，却突然又从那尾巴消失的地方拔出一个新的更尖细的声音，往更高更远的地方飞去。我的笑声恍如齐君笑声的回音。到这时，即使傻瓜也能看出我在模仿齐君。我眼观六路，耳听八方。最早发现我模仿齐君的正是齐君本人。他的脸早拉下来了，面庞上一团杀气。当我模仿到他此刻的神态时，大殿上鸦雀无声。刚才所有的笑声宛如受惊之鸟飞得无影无踪，连片羽毛也没留下。模仿我的笨蛋吓得脸色苍白，坐在地上不会起来。这是我的时间，且看我来表演。齐君拉脸，我也拉脸；齐君瞪眼，我也瞪眼；齐君扭动身子，我也扭动身子；齐君抬手，我也抬手；齐君打喷嚏，我也打喷嚏；齐君起身，我也起身……

　　亲爱的兄弟，如今早已时过境迁，可我讲起在齐国的经历时，仍然很激动。对一个侏儒来说，被人嘲笑是家常便饭，司空见惯，我已习以为常。但在齐国我无法容忍，因为郤克说我是使者，不是小丑，不是侏儒。我也不知哪来的勇气，冒着杀头的危险，公然和齐君作对。如果我被砍头或者烹了——这是很可能的事——

我将作为使者而死，而不是作为小丑侏儒而死。史官将如此记录：某年某月某日，齐杀晋使者。你瞧，在内心深处，我是如此介意我的小丑侏儒身份。每个人都有他特别介意的东西。所以，郤克介意他的瘸腿是完全可以理解的，毕竟，除了国君和执政者，在晋国就数他地位最高了。郤克不能容忍别人说他是瘸子，更不能容忍别人嘲笑他这一残疾，至于戏侮，那将是不可饶恕的。我模仿齐君，还有一层更深的用意，那就是化解郤克的愤怒。没有人知道郤克的愤怒会引出怎样的严重后果。晋齐皆大国，两国结怨，进而交兵，死人无数，血流成河……这景象，想想都够恐怖的。我戏仿齐君，是让他尝尝被戏侮的滋味。他的恶作剧，姑且视为恶作剧吧，已经伤害到了我们。他若幡然醒悟，不以我为忤，向我们道歉：寡人知错了。然后斥退那几个模仿者，再引出帷幕后发出笑声的人向我们道歉，也许这场外交风波就到此为止了。各国使者皆是来通好的，就此缔结友好条约，从今以后大家和平共处，互不侵犯，人民安居乐业，岂不很好？

亲爱的兄弟，我豁出命来想化解齐国的危机，可是齐君并不理解我的良苦用心，他缺少抓住机会的敏锐和智慧，缺少对人性的了解，更缺少纠错的勇气。我的愿望落空了。我将自己置于一个可怕的境地。齐君发怒了，他大喝一声：来人，将这个侏儒拉出去烹了。烹比砍头具有更多的惩罚性，也更具仪式感。熊熊燃烧的火焰，沸腾的大鼎，拉长的时间，这些，就是你为自己赢得的命运。你不自量力。你活该。卑贱之人，怀抱崇高的理想，只会遭人嘲笑。我自己也要嘲笑自己。我哈哈大笑。烹了好，烹了好，侏儒戏弄国君，当烹，当烹。两名武士进来抓住我的胳膊，要将我押出大殿。因为我个子太矮，他们不得不弯下腰，看上去像是在听吩咐。我说，我自己能走。他们尽管姿势别扭，但职责所在，不敢松开手。慢！郤克挺身而出，史官何在，请记下：某年某月某日，齐君无道，杀晋使者。齐君龙颜大怒，无礼，一个侏儒公然在朝堂之上戏弄一国之君，还不当烹吗？我扭回头：大人，不用为我求情，我是使者，我记住了你的话，侏儒做了使者就是使者，我今天作为使者而死，死而无憾。师父教导我，命只有一条，无论什么时候都不要逞能，都要想办法活着，那些杀身成仁舍生取义的事让贵族去做吧。荣誉属于贵族，轮不到我们这些低贱的人。但师父又说，死，对每个人来说也只有一次，如果非死不可，尽量死得像个男人，否则后悔都来不及。今天，横竖是死，我不希望自己软弱，再说了，软弱除了让你丢人现眼，能起什么作用呢？没有人会可怜一个侏儒。更没有人愿意赦免一个侏儒。我的表现完全配得上使者的身份。郤克说，去吧，我不会让你白死的。这句话包含了太多的东西——仇恨、决心、承诺、安慰、认可，等等，有这句话足矣。你可以去死了。

一口大鼎支在广场上，鼎里注满水，火已经生起来了。鼎足够大，烹一个正常的成年人绰绰有余。他们没有因为我是侏儒而换一个小一点的鼎，由此看齐国人做事还算大气。不过，要把这么大一鼎水烧开，可得一会儿。等着吧。等着的滋味很不好受。豪言壮语已经说过了，再说就是重复。我擅长插科打诨，不擅长慷慨激昂。我想说，别心疼柴，水要烧热，别把我煮得半生不熟，但终没说出口。不知哪来的本领，我的灵魂游离出身体，站在旁边，成为一个旁观者。这种感觉怪怪的，你明白这鼎水是为你准备的，而你却麻木不仁，仿佛事不关己。在其他人看来，你是视死如归。但你清楚，你只是麻木，麻木而已。你既不想做英雄，也不想做狗熊，你只是想做一个普通的男人，一个不被死吓尿的男人。尽管鼎比较厚，将鼎中水烧沸不大容易，但火势凶猛，这个过程也不会太久。不过，给人的感觉却很漫长，漫长得像一辈子，比一辈子还长。鼎下烧的是松木，松节往外嗞嗞冒油，空气中飘荡着松脂的香味。大殿内也不平静，不堪受辱的晋、鲁、曹、卫使者拂袖而去。没什么好谈的，国事活动岂能儿戏。使者代表国家，侮辱使者就是侮辱他的国家，是可忍，孰不可忍。他们经过广场时也没有停下脚步。郤克腿脚不便，落在最后。广场上早就聚集了许多民众，他们等着看国君如何烹一个侏儒。四个使者连贯而出，瘸子，独眼，秃子，罗锅，看上去很滑稽，但齐国的老百姓还是有教养的，他们没笑。我是说，没有发出刺耳的大笑，只是会心般地微笑，这微笑是温和的、善意的，没有任何戏谑成分。郤克没有什么要向我说的，我也没有什么要向他交代的，我们互相看一眼，所有的语言都在眼神中。各自接受自己的命运吧。

亲爱的兄弟，我要给你讲的是喜剧、闹剧、恶作剧、荒诞剧，但现在看来无疑是悲剧。说悲剧，并不是针对我个人的命运而言，而是对整个事情及其后果来说的。单说我个人，算不上悲剧，不但算不上悲剧，反而还更像正剧。想想看，侏儒、使者、荣誉、勇气、赴死……难道不像正剧吗？还有你能猜到的结局。我并没有死，而是不辱使命，胜利归来，多么正剧啊。但说到整个故事，帷幕后的笑声和大殿上的笑声，并不是喜剧中的笑声，更像是魔鬼在黑暗中发出的狞笑。它是嗜血的。

兄弟，我给你说说整个事情的缘起吧。前边说过，昨天我们被安排在馆舍，郤克大人对齐国负责接待的官员的表现很不满，说，齐人无礼，貌恭心非。同一天，他们接待了四个国家的使者，而四国使者的身体各有缺陷，难怪他们心中窃笑。他们汇报给齐君，齐君当成趣事说给他母亲，这激起他母亲强烈的好奇心，非要亲眼看一看不可。女人不便抛头露面，齐君就拉一道红色帷幕，让他母亲躲幕后偷看。齐君为博他母亲一乐，让大臣们连夜找来几个对偶者，于是就有了今天朝堂上的滑稽一幕：瘸子对瘸子，侏儒对侏儒，秃子对秃子，独眼对独眼，罗锅对罗锅。齐君这一招果然奏效，他母亲开心得不得了，一阵一阵地笑，起初还捂着嘴巴，后来捂不住，就索性不捂，大笑起来。我们听到的像一串散乱的铃铛在地上滚动的笑声，就是她发出的。她的笑声你一辈子也忘不掉。

这个女人叫萧同叔子。褒姒一笑失天下，萧同叔子一笑——大臣们意识到，后果将会很严重，齐国的灾难之门打开了。各国使者拂袖而去后，大臣们纷纷进谏，萧同叔子从幕后出来，将责任揽到自己身上。她说，是我要图个乐，不关国君的事，有什么大不了的，把那个侏儒放了不就完了。你看，我的命运是在这儿决定的。

大鼎里的水已经烧开，咕嘟咕嘟翻滚，热气蒸腾。一名大力士老鹰抓小鸡似的将我拎起来，要投进沸腾的鼎里。我在半空中，想，这样死够男人吗？我要不要喊一嗓子，留下一句牛逼的话？还没想清楚，就见一个人飞奔过来，喊：慢！有旨赦免。就这样，我逃过一死。广场上的人群，有的失望，有的欢呼，一个头发灰白的老太太上来抱住我，就像我是她儿子似的。她眼中闪着泪花，嘴里连说好好好。我的心本是麻木的，这时突然一热，剧烈跳动起来。

萧同叔子把事情想得简单了，放了我并没能改变什么。悲剧依然是悲剧，对她，对齐君，对齐国，都是。我是晋国臣民，我应该站在晋国这一边，快意恩仇。可想到广场上抱住我的那个头发灰白的老太太，我就想哭。她莫非是我的母亲或姥姥？她身上有一种温暖气息，让我想起灶膛中的灰烬。我忘不掉她。我不关心萧同叔子的命运，不关心齐君的命运，也不关心齐国的命运，我只关心她的命运。战争是否毁了她的家园，她的孩子是否饮血沙场，她是否长歌当哭。写到这里，我该给你说说那场风波之后的事了。

前边说到郤克与鲁、曹、卫使者不堪受辱，拂袖而去，穿过广场……现在接着往下说。郤克与鲁、曹、卫使者临别时，相约报复齐国。此仇不报，枉为男人。郤克归国，过黄河时，又指着黄河发了毒誓。我归国后，去向郤克复命，郤克说，可惜呀。我问可惜什么，郤克说，可惜你没死。他毫不掩饰他的失望之情。他希望我死，齐杀晋使者，这样，他就更有理由报复齐国了。郤克只在乎他的面子，他才不在乎一个侏儒的死活。千百万人的死活他也不在乎。他发动了对齐国的战争。鲁、曹、卫也加入进来，与晋军一起攻入齐国。齐君亲自挂帅御敌。战前，豪言壮语，灭此朝食。然而，战争的结果大大出乎他的意料。他低估了几个被侮辱者表现出来的复仇意识和决心。晋、鲁、曹、卫挂帅的正是在齐国遭到讥笑的郤克、公孙行父、孙良夫、公子手。他们的仇恨像狂风一样摧枯拉朽。郤克的腿被箭射中，流出来的血将战靴灌满，他仍然击鼓助阵，勇往直前。箭射中的是那条残腿，他后来瘸得更厉害了。但他也更自豪了，那条残腿像面胜利的旗帜，令他骄傲。此战，齐军一败涂地，齐君几乎做了晋国的俘虏。其实，他已经做了晋国的俘虏。为什么这样说呢？听我详细道来。齐军兵败如山倒，齐君作为主帅，看大势已去，叹息一声，撤，慌不择路，战车被树木挂住，无法前进。晋军大将韩厥追上来，将其俘虏。在韩厥追上来之前，齐君与护卫他的逢丑父互换了位置，让逢丑父居于车中。这样逢丑父在主帅的位置上，齐君在护卫的位置上。韩厥没见过齐君，因逢丑父居中，就将逢丑父误当成齐君。逢丑父很会演戏，马上进入角色，神态口气俨然一国之君。这时他们已被晋军团团围住，插翅难逃。逢丑父将水瓢递给齐君，说，寡人口渴了，华泉离此不远，去给寡人打点水来。韩厥认定逢丑父就是齐君，抓住了多大一条鱼啊，心中大喜，但不形于色，要优待俘虏，更何况这个俘虏是大国的君主，更应待之以礼。韩厥颇有大将风度，手一挥，让士兵闪开一条道，放齐君——他以为是齐军卫士——去打水。他甚至没派一名士兵跟着。齐君拿着瓢，从杀气腾腾的晋军阵中出来。不知他此时是何种心情，惊悸、侥幸，抑或苍凉，或者五味杂陈，难以说清。逢丑父替了他，又生此取水之计，他才得以脱身。自然是一去不返，杳如黄鹤了。所以我说，他几乎做了晋军的俘虏，其实已经做了晋军的俘虏。你看，这说法不矛盾吧。再说说郤克吧，他听说活捉了齐君无野，心花怒放：好小子，让你笑话我，现在还能笑出来吗？他不顾腿伤，命韩厥献俘，他要亲自羞辱齐君。郤克认识齐君，看到逢丑父，他傻眼了。这是齐君吗？韩厥诧异：难道不是吗？他居于车中，自称寡人，会不是吗？郤克问明情况后说，去取水的那个才是齐君。逢丑父估计齐君已经安全，便不再扮齐君，他说，正是，取水的是齐君，我是逢丑父。郤克要杀逢丑父。逢丑父说，从来没有人代替君王赴难，现在这里有一个，却要被杀了吗？郤克说，忠臣义士，杀之不祥，于是放了逢丑父。郤克继续进军，兵临城下。齐君忧心忡忡，彷徨无计。大殿内再也没有笑声了。不知他想起引发这场战争的笑声，是何心情，因为嘲笑几个残疾人，落下这样一个下场，国将不国。曾几何时，母亲的笑声像一串串散乱的铃铛在大殿内弹跳滚动，他的笑声山呼海啸一般，气势惊人。他甚至笑得从宝座上翻滚下来。如今，大殿还是那个大殿，他还是他，笑声却没了，代之的是忧愁和叹息，还有悔恨。这一切都不难想象。打，打不过；和，和不了。你让他怎么办？他已经派出使者，许诺割地赔款，郤克仍不肯罢兵，一定要齐国将萧同叔子送来做人质，以报复帷幕后的笑声。你看，萧同叔子一笑，后果很严重吧？毕竟萧同叔子是齐君的母亲，齐君若将他母亲送到敌国去做人质，他的脸面往哪儿放？晋国大臣也劝郤克，既已雪耻，不要太过分，哪有要国君母亲做人质的。如此，萧同叔子才没有沦为人质。

亲爱的兄弟，到这里故事讲完了。平时我喜欢和你啰唆，只有啰唆时我才觉得自己不孤单，才可以说说心里话，但今天我什么也不想说了，越说我心里越沉重。我努力过，冒险过，可是什么也没改变。我见不得流血。我晕血。我没上过战场。但我梦到晋齐交战，两军大砍大杀，鲜血四溅，日月无光，血由小溪汇成河流，由河流汇成洪水，由洪水而泛滥，一片汪洋，生灵尽被淹没……莽莽苍苍中，我听到一个老太太的声音，儿啊，儿啊……妈妈，我大叫一声，从梦中惊醒，浑身冰冷，大汗淋漓。熟悉的声音仍在耳畔回响。暗夜沉沉，阒寂无声。有风吹过，落叶飘零。已是深秋了，冬天将至。兄弟，天冷记得加衣，我就此打住，打住了。

帷幕后的笑声（七幕话剧）

人物

侏儒——小矮人。

郤克——晋国使者，瘸子。

公孙行父——鲁国使者，秃子。

孙良夫——卫国使者，独眼。

公子手——曹国使者，罗锅。

齐君——齐顷公无野。

萧同叔子——齐国太后。

韩厥——晋国大将。

逢丑父——齐君车夫。

礼官。

另有杂役、丫鬟、厨师、小矮人、瘸子、秃子、独眼、罗锅等。

士兵若干。

第一幕　大路

【一条大路。远处是巍峨的城阙。城门上写着"临淄"二字，城头的旗帜上写着大大的"齐"字。

【不远处停着一国的马车，也可用布景代替。

【一个手持旄节的使者和一个小丑模样的侏儒站在舞台上，望着远处的城阙。

【使者名叫卻克，是个瘸子。不过刚开始我们看不出来，他走动时一高一低，我们才晓得。

侏　儒　（兴奋地跳跃着，动作很夸张，面向我们）嘿嘿，嘿嘿，嘿嘿……哈哈，哈哈，哈哈……真是运气来了门板也挡不住。朋友们，人生如梦，一个美梦。我，你瞧，现在像不像在梦中？我身边这位大人，是卻克卻大人，他奉命出使齐国，不知道他哪根神经搭错了，要带上我。我问过他，他说，你不乐意出来吗？我当然乐意了。我，一个插科打诨逗人发笑的小丑、侏儒，我的世界就是王宫里的三尺舞台，我没想到还能出国。我说，我太高兴了，这样的美差落我头上，我有点晕，不敢相信这是真的。我想，不知是哪位祖先积了阴德，得蒙大人这样眷顾。

卻　克　（回过头来）嘀嘀咕咕，嘟囔什么呢？

侏　儒　嘿嘿，我说我运气好，来到了齐国。我一个侏儒、小丑，还能出国。我想肯定是祖坟冒青烟了，有这样的好差事……

卻　克　嘴巴别这么贫，记住，从现在起，你是使者，不是小丑。

侏　儒　我是一个做了使者的小丑。

卻　克　不对，你是小丑做了使者。

侏　儒　这不一样吗？小丑，使者；使者，小丑。

卻　克　不一样，做了使者的小丑还是小丑；小丑做了使者，就是使者。

侏　儒　做了使者的小丑还是小丑，我明白；小丑做了使者就是使者，但不还是小丑吗？

卻　克　不是小丑了！

侏　儒　那，我也不是侏儒了。

卻　克　不是了。

侏　儒　可我还这么高，像个石碾子。

卻　克　即便这样，你也不是侏儒，你只是个子矮些罢了，你是使者!

侏　儒　那么，您也不是……

【他还没说出"瘸子"这两个字，卻克就生气了，用手
杖戳着地。

卻　克　我是卻克大人，不是瘸子!

【他生气地走几步，我们看到他确实是个瘸子。

侏　儒　（对我们）卻克大人说他不是瘸子，你们也瞅见了，他
不是瘸子，只是腿有些不方便。嗯，换个说法是，在他
脚下就没有平坦的路。都是路的事!

卻　克　（瞪着侏儒）你知道我最恨什么吗?

侏　儒　（装傻充愣）大人最恨什么?

卻　克　我最恨别人说我是瘸子，尤其是当着我的面。

侏　儒　大人，我没当着您的面说您是瘸子，我没说出瘸子这两
个字。

卻　克　你现在说了，还说了两次。

侏　儒　大人，冤枉啊，俗话说揭人不揭短，我虽然愚笨，这一
点还是知道的。我说瘸子，不是说您是瘸子，也不是说
瘸子就是您，我说瘸子是说，我没当着您的面说瘸子，
也不光是没当着您的面说瘸子，是我根本就没说瘸子这
两个字。

卻　克　（掰着指头数着）七次，你又说了七次!

侏　儒　（打自己的嘴）我决不再说瘸子，一次也不说瘸子
　　　　了……再说，您把我嘴缝上。

卻　克　（伸出两根指头）又说了两次。

侏　儒　（急了）您不是瘸子！

卻　克　（用旌节敲侏儒的头）又一次！

侏　儒　（抱住头）疼，疼，疼！

卻　克　看你还敢说！

侏　儒　不敢了，不敢了。我再不说瘸……

　　　　【他抱住旌节，摇头，嘴闭得紧紧的，请求原谅。

卻　克　好了，放手！（侏儒放手，卻克又敲他一下）我让你不长
　　　　记性。

侏　儒　（跑开，面向我们）卻克大人是个瘸子。他最不能容忍
　　　　的就是人们说他是个瘸子。你若当面说他是个瘸子，他
　　　　会和你拼命。别看他个子小，年纪一大把，脾气火暴着
　　　　呢。他的腿是和楚国打仗时受的伤。当时，他是大将，
　　　　在战车上指挥作战，一杆长枪刺中了他右腿，血流如注。
　　　　战事正吃紧，他若倒下，非败不可。身边的鼓手看到满
　　　　车都是血，要为他包扎，鼓点慢了下来。他呵斥一声：
　　　　别管我！一把夺过鼓桴，奋力擂鼓，气势如虹。晋军看
　　　　主帅亲自擂鼓，精神大振，奋勇争先，一举击败楚军。
　　　　这之后，他就成了瘸子。他很不甘心。可是不甘心也没

用，瘸子就是瘸子，再也回不到原来的样子了。他本来
脾气就古怪，腿瘸了之后，就更加古怪。他虽然走路不
方便，但精气神仿佛比以前还足，走路昂着头，一副睥
睨万物的神情。（此段配上投影最好，若无投影，至少要
配上音效）

【卻克整理旌节和服饰，看得出来他很注重仪表。

侏　儒　（面向我们）我以为卻克大人带上我是为了给他解闷，
　　　　增加旅途乐趣。一个侏儒小丑，除了说笑话、表演滑稽
　　　　节目，还能做什么？使者，那是说给别人听的。你以为
　　　　小丑做了使者，就真是使者，不是小丑了？我没那么幼
　　　　稚。尽管我总表现得很幼稚，像个孩子，但我清楚我的
　　　　身份地位。侏儒就是侏儒，小丑就是小丑。

【他做出一副滑稽样，走到卻克大人面前。

侏　儒　大人，旅途劳顿，我给您表演个节目吧。一个酒鬼喝醉
　　　　酒回家……

【他扮作酒鬼，走路跌跌撞撞，只嫌道路太窄。

【卻克看着他，脸色很难看。侏儒也看出来了，不敢造
次，动作僵在半空。

侏　儒　（怯生生地）大人——

卻　克　（严厉地）记住，你现在是我的副使，是使者，不是小
　　　　丑！

侏　儒　是，大人。

卻　克　记住，你代表的是晋国，你和任何人都是平等的。

侏　儒　是，大人。

卻　克　你要忘掉自己的身高，记住，你和其他人一样高。

侏　儒　是，大人。

卻　克　（昂首挺胸）要像个使者的样子！要不辱使命！

侏　儒　是，大人。

【他向我们做个鬼脸，正正衣冠，迈起方步，俨然一个大人物。

卻　克　（将旌节举高）进城！

第二幕　客馆

【上等馆舍。门口有执戟卫士，两名丫鬟、两名杂役和一名厨师站立一排。

【礼官领着卻克和侏儒上场，卻克手持旌节。礼官向众人介绍卻克和侏儒。

礼　官　这是来自晋国的使者卻大人和……

侏　儒　我是小朱，叫我小朱就行。

礼　官　小朱……

卻　克　（纠正）朱大人。

礼　官　小朱大人。

郤　克　是朱大人，不是小朱大人！没有"小"字。

【侏儒挺起胸膛，踮起脚。

礼　官　哦，朱大人，是朱大人，这姓……真没白叫。你们要伺候好郤大人和朱大人，有什么不周，我拿你们是问。（问丫鬟）床铺准备好了吗？

丫　鬟　回大人，准备好了，被褥全是新的，刚晒过，暄腾腾，还有太阳的味道，洗漱用品也备齐了。

礼　官　（问杂役）你们呢？

杂　役　回大人，我们把院子打扫得一尘不染，给马喂上了草料，马儿正在吃着呢。

礼　官　（问厨师）膳食准备得怎么样了？

厨　师　回大人，羊羔肉正在炖着，您瞧，香味已飘过来了，小米粥也熬得香喷喷，其他菜肴也准备好了。

【他们的表情有些怪怪的，想笑又不敢笑，竭力忍着。郤克严肃地看着他们，他们都老实了。

礼　官　郤大人、朱……大人，你们还有什么要求，尽管提。

郤　克　你们安排得很好，一切都好。

礼　官　如果没什么事，鄙人就告退了，还有几个国家的使者我要去看一看。

郤　克　你忙去吧。

【二人施礼，礼官下。

郤　克　回来。

礼　官　（又回来）大人有何吩咐？

郤　克　你说还有别国的使者，都是谁？

礼　官　可巧，都碰一块儿了，鲁国的公孙行父、卫国的孙良夫、曹国的公子手。

郤　克　（点头）知道了，你可以走了。

【二人施礼，礼官下。

郤　克　（对杂役、丫鬟、厨师）你们也下去吧。

【杂役、丫鬟、厨师下。

【侏儒要进屋，被郤克叫住了。

郤　克　（招手）过来。

侏　儒　（过来）大人一定累了吧，我帮您捶捶背。

郤　克　（斥责）不是让你来捶背的。

侏　儒　（嬉皮笑脸）我知道，大人，这不是想献个殷勤嘛，您让我出国，我应该报答您。俗话说投之以桃，报之以李；投之以木瓜，报之以葫芦；投之以出国，报之以捶背。要不我就欠您太多了……

郤　克　（把旌节交给侏儒）少贫嘴，放好了。

侏　儒　（把旌节插入地上，端端正正）大人，您瞧，垂直于地面，看影子就知时辰，可以当日晷用。

卻　克　你看出什么异样了吗？

侏　儒　（东张西望）没有，大人，我没看出有什么异样。

卻　克　真没有吗？

侏　儒　我眼拙，没看出来。

卻　克　你没看到他们的眼神？

侏　儒　看到了，眼睛是心灵的窗户，透过这窗户，我看到他们……

卻　克　看到他们什么？

侏　儒　我看他们都挺开心的。

卻　克　他们在窃笑。

侏　儒　窃笑，这个词准确，我怎么没想到呢！窃笑，偷偷地笑，想笑不敢笑，皮笑肉不笑，心里笑，脸上不笑。我替他们难受，想笑就笑，干吗要憋着？齐国人，真是捉摸不透。

卻　克　知道他们为什么窃笑吗？

侏　儒　（装傻充愣）不知道，大人，也许是齐国的风俗吧。

卻　克　（指着门外，生气地）你去，逛街，看看齐国的风俗，再回来和我说话。

侏　儒　大人当真让我去逛街？

卻　克　是。

侏　儒　大人，我没有"刀"（指齐国的刀币）了，逛街什么也买不了，您有刀币吗？借我几个，回去我还您钧币，不让您吃亏。

卻　克　买什么东西，我也没"刀"了。

侏　儒　大人，我请教一个问题，齐国把钱铸得像刀的样子，是不是说钱能杀人？

卻　克　你觉得呢？

侏　儒　俗话说人为财死，鸟为食亡。看来钱真能杀人。

卻　克　嗯，杀人不见血。

侏　儒　大人，我再请教一个问题，我国把钱铸得像个铲子，是说钱能挖地吗？

卻　克　钱能让人干活。

侏　儒　明白了，有钱能使鬼推磨。有钱，鬼也会为你干活。

卻　克　别老说钱钱钱的，快去逛街吧。

侏　儒　大人，我没"刀"了。

卻　克　我让你去逛街，不是让你去买东西，滚吧。

【侏儒下。

【灯渐暗。

卻　克　（自言自语）齐人无礼，貌恭心非。

【灯渐亮。

【侏儒嬉皮笑脸上。卻克站在旌节前面，端详着旌节。

大魔术师　　141

郤　克　捡到宝了，这么高兴？

侏　儒　（忘乎所以）宝没捡到，倒是遇到好玩的事了，哈哈，世界之大，真是无奇不有。您绝对想不到，哈哈，好玩死了。

郤　克　别嬉皮笑脸，哪像个使者的样子。

【侏儒拍着腿，笑得在地上打滚。

【郤克等他笑完。

【侏儒兀自笑得说不成话。

郤　克　笑够了没？

侏　儒　我再笑会儿，大人，我憋不住。

郤　克　（拿棍子敲一下侏儒）我叫你笑。

侏　儒　（止住笑）大人，您猜我看到谁了？

郤　克　看到谁了？

侏　儒　鲁国的使者公孙大人，您见过他吗？

郤　克　听说过。

侏　儒　（比画着）他的头可真光啊，比葫芦还光。

郤　克　（敲一下侏儒）不许说人短。

侏　儒　那我不说了。

郤　克　说下去。

侏　儒　（捂着脑袋）那您不许敲我头，都起包了，哎呀，已经鸡蛋这么大，疼死我了，疼死我了。你摸摸，真有鸡蛋这

么大，嗯，现在有鸭蛋这么大了，等会儿，肯定有鹅蛋
那么大……

郤　克　（不摸）别装了，继续说。

侏　儒　那您不能敲我头。

郤　克　不敲你头。

侏　儒　我还见过卫国的使者。

郤　克　孙良夫。

侏　儒　对，就是这个名字，孙良夫孙大人，您认识？

郤　克　听说过。

侏　儒　（捂住脑袋）不能敲我。

郤　克　说吧，不敲你。

侏　儒　我要说他短了。他瞎了一只眼，戴个黑眼罩。

郤　克　（敲一下侏儒肩膀）又说人短。

侏　儒　您说过不敲我头。

郤　克　没敲你头，敲的是肩膀。

侏　儒　（揉肩膀）哎哟，哎哟……

郤　克　往下说。

侏　儒　不说了，我可不想再挨一下子。

郤　克　不说算了，我不听了。

侏　儒　（讨好地）那我还是说吧，我还见过曹国的使者。

郤　克　公子手。

侏　儒　对，公子手。他……（闪到一旁）他是个罗锅。

卻　克　（没再打侏儒）尽说人短，你去照照镜子，看看自己啥
　　　　样子。

侏　儒　不用照，我是个侏儒。我清楚。您，我们大晋国的使者，
　　　　是个……（他给自己掌嘴）我可没说……

卻　克　（敲他的头）心里想也不行。

侏　儒　我心里也没想……我只是……（看着卻克的腿）想说，
　　　　怎么都凑一块儿了。

卻　克　几国使者身体各有缺陷，同时抵达，如此巧合，确实有
　　　　趣。

侏　儒　现在我明白他们为什么窃笑了，想想，确实好笑。

卻　克　严肃点，外交不是儿戏。

侏　儒　嗯，不是儿戏，胜似儿戏，好玩，好玩。

　　　　【卻克又要敲侏儒，他躲开了。

卻　克　听我的话，从现在起，把你看到的都忘掉。记住，没有
　　　　秃头，没有独眼龙，没有罗锅，只有使者。

侏　儒　也没有侏儒，没有……（他不敢说瘸子）我们也是使
　　　　者。

　　　　【卻克严厉地看着侏儒。

　　　　【灯渐暗。

第三幕　朝堂

【宫殿。正中王座。王座正前方有一个巨大的方框，他们称之为镜框，里面并没有镜子。舞台灯光一是射在王座上，一是射在镜框上。相较而言，射在镜框上的光更明亮，镜框十分醒目。

【齐顷公无野和礼官上。

齐　君　……太后自从先君驾崩，一直郁郁不乐，寡人答应太后今天有好戏。一会儿太后驾到，就看你的了，你可不能给寡人掉链子，要不能博太后一乐，寡人饶不了你。

礼　官　（邀功）主公放心，一切都妥妥的，效果绝对好。

齐　君　你找的人像吗？

礼　官　像，太像了，简直是一个模子里刻出来的。

齐　君　每个都像吗？

礼　官　每个都像。

　　　　齐君看到镜框，绕着镜框端详起来。

齐　君　这个——

　　　　【礼官附耳低言一番。齐君笑了。

齐　君　哈哈，点子真多，太后要是笑了，我给你重赏。

　　　　【后台喊：太后驾到——

【太后萧同叔子上，后面跟着两名服侍的宫女。

【齐君向太后请安。

【太后也被镜框吸引，绕着镜框看。

太　后　我不信朝堂之上能有什么好玩的事，这里……是全天下
　　　　最没意思的地方，说的都是无聊的事。

齐　君　今天大不一样，旷古以来都没有这样的事，以后嘛，恐
　　　　怕也不会再有。

太　后　哦，是吗？我倒要看看，什么稀奇事，竟是旷古没有
　　　　的……这是——

【齐君附耳低言。

太　后　（听明白了）好好，那我就等着看好戏……不过，朝堂
　　　　上不是女人该待的地方，给我设一道帷幕吧。

齐　君　（吩咐）设帷幕。

【王座后设席，并拉一道红色薄纱帷幕。

齐　君　母后请。

【太后萧同叔子移步帷幕后。

齐　君　宣大臣上朝。

太　监　上朝——

【大臣上朝，分列两边，不过他们都处在暗处，看不大清
　　　　楚。

　　　　齐君登上君王宝座。他朝礼官点头。

礼　官　宣晋国使者上殿——

【卻克和侏儒上。

大殿中的镜框引人注目。

礼　官　这是我国最高级的镜子，可正衣冠。

【卻克对着镜子正衣冠。对面也出现一个瘸子正衣冠，动作一模一样。这一部分和后面四人"照镜子"皆要用哑剧手法表演，动作要夸张、滑稽、惟妙惟肖，一个是另一个的镜像。

【卻克往前，瘸子也往前。卻克后退，瘸子也后退。

【卻克抬腿，瘸子也抬腿。卻克挥手，瘸子也挥手。

【卻克有所怀疑，突然转身。瘸子也突然转身，没露出破绽。

【后面出现了一些奇怪的声音，刚出现就消失了，卻克愣了一下，再没奇怪的声音。

【卻克走过去，侏儒来到镜框前。

【另一个侏儒从对面也走到镜框前，侏儒仿佛看到镜子中的自己。他感到很新奇，忽然意识到自己是使者，便庄重起来，昂首挺胸。对面的侏儒也是如此。侏儒对自己的形象很满意，笑了笑。

侏　儒　（面向我们）太不可思议了，这么清晰，所有缺点一览无余。我知道自己长得磕碜，没想到这么磕碜。

大魔术师　147

【侏儒做一个鬼脸，镜子中的侏儒也做一个鬼脸。

侏　儒　（面向我们）长得丑不是我的错，我也不想出来吓人。

【帷幕后传来笑声。似乎刚要笑，又捂住了嘴巴，所以听上去是很奇怪的声响。

【侏儒愣了片刻。他在判断那声音来自何处，以及声音的意义。他摊一下手。

【侏儒再次昂首挺胸。

【卻克拉他一把，他才跟过去。对面那个瘸子忘了拉另一个侏儒，意识到时，赶快拉，把那个侏儒拉倒了，卻克和侏儒并没看到。

【帷幕后又传来的声响，像公鸡打鸣。

【接着，鲁国的使者公孙行父上，公孙大人有个大秃头，看上去极为夸张。他在镜子里也看到一个夸张的大秃头。他摸摸脑袋，对面的也摸摸脑袋……

【再接着，卫国使者孙良夫上。孙大人是独眼，他自然也在镜子里看到一个独眼，他右眼戴着眼罩，镜子里的独眼左眼戴着眼罩，正好形成镜像……

【再接着，曹国使者公子手上。他是个罗锅，镜子里自然也有一个罗锅……

【这部分演员可自由发挥，但要注意不能失使者身份。也就是说，既要滑稽，又要体现使者的尊严。

礼　官　为了体现外交对等原则，我们挑选了适合与各位使者对接的人。也就是你们在镜子中看到的人。

【他拍拍手，从"镜子"里依次钻出来瘸子、侏儒、秃头、独眼、罗锅。几位使者看得目瞪口呆。

【瘸子走到郤克面前，侏儒来到侏儒面前，秃子到鲁国使者面前，独眼人到卫国使者面前，罗锅到曹国使者面前，面对面站定。

礼　官　各位大人，你们在齐国期间由他们为你们服务……

【这时帷幕后爆发出一阵难以遏制的笑声。笑声如同一阵风吹得帷幕鼓了起来。笑声在大殿中回荡，像一群找不到出口的蝙蝠。这笑声是一个女人发出的，如一串铃铛散乱开在地上滚动，有的滚到使者脚边，跳过脚面继续往前滚，直至滚到某个看不到的角落。有的弹跳着，越弹越高，碰到屋顶还不肯罢休。有的在原地旋转，越转越快，令人眩晕……

侏　儒　（面向我们）谁这么大胆，这么无礼，这么放肆。瞧，齐国国君无野，这个大国的统治者，庄严地坐在宝座上，对帷幕后的笑声充耳不闻，毫不表态。没有制止，没有发怒，没有呵斥。他一本正经，至少看上去一本正经。你能感觉到一团气体在他体内膨胀，左冲右突，寻找出口，他竭尽全力压制这团气体，不使它出来。气体越来越多，胀得他难受，坐卧不安，他快要爆炸了。他终于绷不住，爆发出一阵山呼海啸般的笑声。

【齐君笑得从宝座上翻滚下来，捂住肚子，眼泪飞溅。

齐　君　母后，您瞧——

【宫廷里负责传递文书的宦官也笑了起来。这场面，好家伙，难得一见。一边是目瞪口呆的使者，一边是狂笑不止的主人。笑声像瘟疫，是会传染的。宫殿中笑的人越来越多。

【郤克怒目圆睁，目眦尽裂。其他几位使者也气得跺脚。

侏　儒　（面向我们）我忽然理解了郤大人的话，小丑做了使者就是使者，不再是小丑。做小丑的时候我唯恐不能引人发笑，现在作为使者我却不能容忍这等笑声。此时此地，笑声就是戏侮，一个使者所受到的戏侮。笑声不再是一个小丑所受到的奖赏。如何对待这滚滚而来的笑声呢？如果我是一个旁观者，我不得不佩服齐君的想象力和喜剧导演才能。你看，他导演的这出喜剧，效果多么显著。我，不谦虚地说，算是有喜剧天赋的人，我的演出总是引发阵阵笑声，可从未达到这般爆笑效果。作为小丑，我欣赏齐君，作为使者，我应该反击。怎样反击呢，最好的办法，莫过于以其人之道还治其人之身。模仿，谁不会呢。你能找人模仿我们，我就不能模仿你吗？那几个人模仿的是我们的残疾和举止，我则要模仿你的动作和神态。

【侏儒开始模仿齐君。他突然捂住肚子，像憋了很久似的，猛然爆发出一阵疯狂的笑声。他的笑声单枪匹马，从所有的笑声中突围出来，一骑绝尘。

【所有人都注意到侏儒的笑声，目光全聚集过来。侏儒成为焦点。

【侏儒身旁的另一个侏儒有些手足无措，他试图模仿侏儒，肢体僵硬，笑声空洞，很是滑稽。

【侏儒惟妙惟肖地模仿齐君从座位上翻滚下来的动作。另一个侏儒，这个笨蛋，跟着模仿。

【侏儒刚才模仿了齐君笑的声和态，现在模仿齐君笑的调和神。齐君的笑有三点与众不同：一是肆无忌惮，如身在旷野，周围平展开阔，野马奔驰，来去自由；二是前宽后窄，如同牛角，越来越尖；三是绝处逢生，枯木抽芽，明明声音尖尖的尾巴已消失于空中，却突然又从那尾巴消失的地方拔出一个新的更尖细的声音，往更高更远的地方飞去。

【侏儒的笑声恍如齐君笑声的回音。

【齐君发现侏儒在模仿他，他收住笑声，拉下脸来，一团杀气。

【大殿上鸦雀无声。

【齐君指着侏儒，气得说不出话。

【侏儒继续模仿，也拉下脸，一团杀气，指着齐君。另一个侏儒吓得脸色苍白，坐在地上不会起来。齐君倚着案子，侏儒倚着另一个侏儒。

【齐君瞪眼，侏儒也瞪眼；齐君扭动身子，侏儒也扭动身子；齐君抬手，侏儒也抬手；齐君打喷嚏，侏儒也打喷嚏；齐君起身，侏儒也起身……

齐　君　你——

侏　儒　你——

齐　君　你好大的胆子，敢模仿我?

侏　儒　你好大的胆子，敢模仿我?

齐　君　你不想活了?

侏　儒　你不想活了?

齐　君　你不怕死吗?

侏　儒　你不怕死吗?

齐　君　寡人要杀了你!

侏　儒　寡人要杀了你!

齐　君　来人!

侏　儒　来人!

　　　【持戟卫士上殿。

齐　君　把这个侏儒拉出去烹了。

侏　儒　把这个侏儒拉下去烹了。

众大臣　主公息怒，主公息怒……

侏　儒　（面向我们）如果我被烹了，我将作为使者而死，而不是作为小丑侏儒而死。史书将如此记录：某年某月某日，齐杀晋使者。史书绝不会说：某年某月某日，齐杀晋侏儒。

齐　君　把他拉出去烹了。

侏　儒　（停止模仿，正了正衣冠，仰起头，哈哈大笑）烹了好，烹了好，侏儒戏弄国君，当烹，当烹。

　　　　【两名武士进来抓住侏儒的胳膊，因为侏儒个子太矮，他们不得不弯下腰，看上去像是在听吩咐。

侏　儒　我自己能走。

　　　　【两名武士尽管姿势别扭，但职责所在，不敢松开手。

郤　克　（挺身而出）慢！史官何在，（大臣中有人应答）请记下：某年某月某日，齐君无道，杀晋使者。

齐　君　（龙颜大怒）无礼，一个侏儒公然朝堂之上戏弄一国之君，还不当烹吗？

侏　儒　（扭回头）大人，不用为我求情。我是使者，我记住了您的话，侏儒做了使者就是使者，我今天作为使者而死，死而无憾。

郤　克　　去吧，我不会让你白死的。

　　　　　【武士押着侏儒下。

郤　克　　（对其他三位使者）我们是来修好的，是吧？（三位使者
　　　　　点头）现在，你们还会和齐国修好吗？（三位使者摇头）
　　　　　那我们还待在这里干什么！

　　　　　【几位使者气哼哼地拂袖而去。

　　　　　【几位使者下。

　　　　　【灯渐暗。

第四幕　广场

　　　　　【广场。一口大鼎已经支上，鼎里注满水，火已经烧起来
　　　　　了。鼎足够大，烹一个正常的成年人绰绰有余。

　　　　　【武士押着侏儒上。礼官同上。

　　　　　【广场上聚集起看热闹的人群，空气中充满嗡嗡嗡的嘈杂
　　　　　声。

礼　官　　国君有令，晋国副使无礼，着当众烹了。

侏　儒　　（审视大鼎）好大的鼎啊！齐国人做事还算大气，没有
　　　　　因为我是侏儒而换一个小一点的鼎。不过，要把这么大
　　　　　一鼎水烧开，可得一会儿。

礼　官　　等着吧。

侏　儒　等着的滋味不好受。别心疼柴，水要烧热，别把我煮得半生不熟，那，多不好玩。……烧的是松木吧？松木好，香，松节嗞嗞冒油，好闻……

（面向我们）这世上没有人是不怕死的。你们看我视死如归，不，不是这样，我差点被吓尿了。可我是使者，我不能尿。我不想做英雄，也不能做狗熊。

【广场一角。四个使者上。

【灯光投射到他们身上。其他区域灯光稍暗。

郤　克　今天之事，奇耻大辱，奇耻大辱！

公孙行父　齐人无礼，如此羞辱我等，是可忍孰不可忍。

孙良夫　朝堂之上把我们当什么了，优伶吗？小丑吗？猴子吗？

公子手　帷幕后好像还有人。

孙良夫　什么好像，就是有人！笑的那个样子……

公孙行父　是个女人。

公子手　会是谁呢？

孙良夫　似乎是……

公孙行父、公子手　谁？

孙良夫　齐君之母，我听到齐君叫母后……

郤　克　朝堂之上竟然有女人！女人，女人啊！我们被女人耻笑，有何脸面回国。

公孙行父、孙良夫、公子手　是啊，没脸回国。

郤　克　此仇不报，誓不为人！

公孙行父　此仇不报，誓不为人！

孙良夫　此仇不报，誓不为人！

公子手　此仇不报，誓不为人！

郤　克　怎样才能报仇呢？

公孙行父　我们听郤大人的，您说怎么办我们就怎么办。

孙良夫　听郤大人的。

公子手　听郤大人的。

郤　克　我欲伐齐，你们意下如何？

公孙行父　伐齐！

孙良夫　伐齐！

公子手　伐齐！

郤　克　我们联兵伐齐，报仇雪耻！

公孙行父　联兵伐齐，报仇雪耻！

孙良夫　联兵伐齐，报仇雪耻！

公子手　联兵伐齐，报仇雪耻！

　　【他们将手叠放到一起，发誓伐齐雪耻。

　　【整个舞台灯渐亮。

　　【瘸子、秃子、独眼、罗锅，从鼎前走过。看上去很滑稽，但齐国的老百姓还是有教养的，没有发出刺耳的大笑。他们也笑，但那是会心般的微笑，这微笑是温和的、善意的，没有任何戏谑成分。

【卻克来到侏儒跟前，朝侏儒拱手。

卻　克　你，好样的，我没看错人。

侏　儒　大人，您看我像使者吗？

卻　克　你就是使者！

侏　儒　我没给国家丢脸吧？

卻　克　没有。

侏　儒　我也没辜负您的信任吧？

卻　克　没有。

侏　儒　大人——

卻　克　嗯。

侏　儒　走近点，我给您说句话。

【卻克走近，弯腰凑近侏儒。

侏　儒　（附耳小声说道）大人，笑一笑十年少，您笑一个，我会记住您笑的样子。

卻　克　我笑不出来。

侏　儒　您给他们说说情，让我给您表演个节目吧。

卻　克　（苦笑一下）我给你笑一个，我不看你表演节目了。

侏　儒　大人，我在齐国朝堂上的表演，您给我打几分？

卻　克　满分。

侏　儒　哈哈，我也认为那是我最好的表演。

卻　克　是，最好的表演！

侏　儒　我很勇敢。

卻　克　很勇敢。你安心地走，我会为你报仇的。

【卻克控制着自己的情绪，与侏儒别过。

【四位使者下。

侏　儒　（面向我们）卻大人走了。他们都走了。我留下，这是我的命运。我必须接受。不接受又能有什么办法呢？我改变不了什么。改变不了的东西，那就接受。

鼎里的水眼看就要沸腾了。这可不是洗热水澡，这是烹，要把我煮熟，煮得骨肉分离……这不是喜剧，不是闹剧，不是恶作剧，不是荒诞剧，这是悲剧。悲剧！我说悲剧，并不是针对我个人而言，而是对整个事情及其后果来说的。单说我个人，算不上悲剧，不但算不上悲剧，反而还更像正剧。想想看，侏儒、使者、荣誉、勇气、赴死……难道不像正剧吗？

可是——

（他转向广场上的人群）我要说"可是"了！

看热闹的人们，"可是"之后，我要说，这是你们的悲剧！战争要来啦，兴刀兵，血成海，尸成山……看啊，你们的手要沾血了，你们的脚要浸泡在血中，你们的头要淹没在血里……

【战鼓突然响起，人们惊恐起来。

【舞台一角。这里灯亮起，其他部分灯渐暗。

【太后萧同叔子、齐君和众大臣上。

众大臣 （纷纷说）不能这样啊，不能这样啊，这样会出乱子的……

萧同叔子 （生气）我就是图个乐子，图个乐子！我已经快闷死了，再不笑一笑，我都成僵尸了。和几个使者开个玩笑，你们就上纲上线，好像要亡国似的，有那么严重吗？使者生气——就像你们说的——愤怒，好吧，他们愤怒，愤怒，愤怒，这又如何？玩笑都开不起，也太小肚鸡肠了。外交，不是讲究对等原则吗？瘸子对瘸子，侏儒对侏儒，秃头对秃头，独眼对独眼，罗锅对罗锅，有问题吗？这算侮辱吗……如果这算侮辱，那也是他们先侮辱我们！堂堂一国，找不到一个正常人吗？非要派一个有缺陷的人来出使我们齐国，是何居心，看不起我们是吧？他们做了初一，还不许我们做十五，天下哪有这样的道理。

众大臣 会引发战争的。

萧同叔子　引发战争？你们以为打仗像小孩过家家那么简单。兵
　　　　　凶战危，打仗可是大事，因为一个玩笑就发动战争，
　　　　　你们也不动动脑子……

众大臣　　使者是国家的颜面，颜面扫地，有可能引发战争。

齐　君　　好了好了，不要危言耸听！这是寡人的主意，寡人就是
　　　　　想让母后乐一乐，要怪就怪寡人吧。

萧同叔子　国君一片孝心，何罪之有？

众大臣　　两军交战，不斩来使。

齐　君　　一个侏儒，敢戏弄寡人，寡人还杀不得吗？

众大臣　　杀不得！

　　　　　【齐君袖子一甩，不理众大臣。

　　　　　【全场灯渐亮。

　　　　　【大鼎里的水已经沸腾起来，咕嘟嘟翻滚着。

　　　　　【太后、国君和众大臣正过来，来到鼎前。

侏　儒　　哈哈哈哈，水开了，我可以成就一世英名了。（问礼官）
　　　　　我死之前，是否可以满足我一个愿望？

礼　官　　（看一眼国君，国君点头）人之将死，其言也善，说吧。

侏　儒　　砍头都得喝碗酒，这烹之前是不是也得喝碗酒？

礼　官　　（又看向国君，国君点头）嗯，人道还是要讲的，来人，
　　　　　上酒！

【卫士端上来一碗酒，给侏儒，侏儒一饮而尽。

侏　儒　痛快，痛快!

礼　官　还有什么要说的?

侏　儒　史官何在?

礼　官　你要史官干什么?

侏　儒　历史时刻，岂能少得了史官，在吗?

史　官　（手持竹简和笔上前一步）史官在此。

侏　儒　请把刚才的记录读一下。

【史官看向国君，国君没有表示。

太　后　读吧。

史　官　某年某月某日，晋使无礼，齐君烹之。

侏　儒　错了错了，不是这一条，上一条呢?

史　官　没有上一条。

侏　儒　在朝堂上，郤大人怎么说的，你没记下来吗?

史　官　郤大人说……说的就是这个意思。

侏　儒　是吗? 你的记性这么差，怎么当上史官的，是不是靠裙带关系上来的?

史　官　我是世袭，我高祖、曾祖、祖父、父亲都是史官，不得污我清白。

侏　儒　你能把郤大人的话重复一遍吗?

【史官看看国君，国君显然生气了，眼睛死死盯着侏儒。

侏　儒　却大人说"某年某月某日，齐君无道，杀晋使者"。这是
　　　　不是却大人的原话？你作为史官应该秉笔直书，不得隐
　　　　瞒。

　　　　【史官汗颜。

侏　儒　（大声）齐国人民记住了，史书应该如此记下今天的事：
　　　　某年某月某日，齐君无道，杀晋使者。我就是晋使者。
　　　　记住，我是使者，使者！我没有别的称谓，我是使者！
　　　　一个堂堂正正的大国使者！

礼　官　不得胡说！

侏　儒　我死了，齐国就要遭殃！你们啊，有丈夫的，准备哭丈
　　　　夫吧；有儿子的，准备哭儿子吧。这一切，都是拜你们
　　　　的国君所赐！听，战鼓已经擂响，你们听啊！

　　　　【隐约有鼓声响起，人们恐慌骚动。

　　　　【侏儒来到鼎边，做势准备投身鼎中。

萧同叔子　慢！

　　　　【定格。

萧同叔子　放了他吧。

　　　　【齐君还想说什么，被太后阻止了。

萧同叔子　你杀他等于成全他，一个侏儒，不值得浪费那么大一
　　　　鼎热水。

齐　君　听母后的。

【人群欢呼起来，一阵快乐的声浪。

【武士将侏儒去缚。

【太后、齐君和众大臣下。

【一个头发灰白的老太太上去抱住侏儒，就像那是她儿子，这里拍拍，那里摸摸，眼里闪着泪花。

老太太　好，好，好……孩子，你没事了，快回家吧。

【侏儒从来没得到过这样的爱抚，感动得落泪。

侏　儒　我能叫您一声娘吗？

老太太　傻孩子，快回家吧，你娘在家等着你呢。

侏　儒　我是孤儿，我没有娘。你当我娘好吗？

老太太　好，我当你娘，我这是白捡了个儿。

侏　儒　娘——

老太太　哎——

侏　儒　娘——

老太太　哎——

（侏儒笑得跳起来）我有娘了，我有娘了……

第五幕　黄河边

【侏儒和卻克站在滔滔黄河边。

【卻克将一块玉玦投入黄河。

侏　儒　大人，你扔的是什么东西？

郤　克　玉玦。我发过毒誓，不报复齐国，我就跳进黄河里淹死。

侏　儒　大人，我回来了。

郤　克　（毫不掩饰失望之情）可惜啊可惜！

侏　儒　大人，可惜什么？

郤　克　（抓住侏儒）你说可惜什么！可惜你没死，而你应该死的，你应该被齐君烹了，这才完美。"齐君无道，烹晋使者。"历史应该这样记载。现在呢，不完美了，一点也不完美。

侏　儒　（嗫嚅）就因为没烹我吗？

郤　克　是！告诉我，他们为什么没烹你，鼎已经架上了，火已经烧起来了，为什么没烹你？

侏　儒　他们烧那么大一鼎水，烹我一个侏儒，觉得浪费水。

郤　克　（放开侏儒）为了节约水？

侏　儒　是，水资源很宝贵。大人，您想一想，那么大一鼎水，就烹我这个小不点，是不是很浪费？

郤　克　哼，（又抓住侏儒）我把你投进黄河，这么大一河水，投入这么一个小不点，是不是更浪费？

侏　儒　大人，大人，不能投啊，我不会游泳，会淹死的。

郤　克　你怕死？

侏　儒　怕，真怕……我要死了，谁给国君表演节目？

郤　克　（放开侏儒）你就是个小丑。

侏　儒　嗯，小丑，大人说得对，我是个小丑。

卻　克　你为什么要活下来？

侏　儒　好死不如赖活着嘛。

卻　克　你知道吗，你死比你活着更有价值。

侏　儒　那要看对谁，对我，还是活着好，我不想要什么价值，我要活着。我，一个小丑，死和活没人在乎，我只好自己在乎了。再说了，我的死能有什么价值？

卻　克　你死了，我们就更有理由和齐国开战，报仇雪恨。齐国侮辱我们，你不想报仇吗？

侏　儒　又想又不想。

卻　克　何出此言？

侏　儒　受了侮辱，每个人都想报复，这是人之常情。我也是人，自然也想报复。

卻　克　为什么又不想？

侏　儒　打仗会死很多人，我不想看到死人，所以又不想了。

卻　克　没出息。

侏　儒　我是没出息。

卻　克　你不觉得这样活着耻辱吗？

侏　儒　耻辱。大人，我是侏儒、小丑，我耻辱地活着，让别人指责我吧！愿大人息怒，不要征伐齐国。

卻　克　你说什么？再说一遍！

侏　儒　愿大人息怒，不要征伐齐国。

郤　克　（拔剑）一个侏儒，敢阻我大事，不怕我杀了你吗!

侏　儒　怕。我模仿齐君，也怕他杀了我。

郤　克　那你还敢模仿他?

侏　儒　我要让他尝尝被戏侮的滋味。他的恶作剧，姑且视为恶作剧吧，已经伤害到了我们。我想，他若幡然醒悟，不以我为忤，向我们道歉：寡人知错了。然后斥退那几个模仿者，再让帷幕后发出笑声的人向我们道歉，那场外交风波就平息了。

郤　克　你倒会替他考虑。

侏　儒　我想，我们是去通好的，若能缔结友好条约，大家和平共处，互不侵犯，人民安居乐业，岂不皆大欢喜。

郤　克　哼!

侏　儒　我们能不开战吗?

郤　克　箭在弦上，岂能不发。

第六幕　战场

【战鼓擂响，一阵比一阵急促。喊杀声震天响。兵器铿锵碰撞。我们能感受到一场大战正在进行。

【大幕拉开。尸横遍野。一身戎装的郤克在擂鼓，他身旁一人擎旗，旗上写着"郤"字。接着，公孙行父、孙良夫、公子手戎装上，身旁各有一名擎旗人，帅旗上分别写着"公孙""孙""公子"。

【侏儒上。

侏　儒　（面向我们）郤克大人发动了对齐国的战争。鲁国、曹国、卫国也加入进来，与晋军一起攻入齐国。听说齐君亲自挂帅，战前，还豪言壮语说，灭此朝食。哈哈，也不知他哪儿来的底气。他低估了被侮辱者的复仇决心。晋、鲁、曹、卫挂帅的正是在齐国遭到讥笑的郤克、公孙行父、孙良夫、公子手。他们的仇恨像狂风一样摧枯拉朽……不好，郤大人中箭了——

【箭射在腿上，擎旗人弯腰查看，旗帜歪斜。

郤　克　（厉声）擎好旗！

【擎旗人将帅旗竖直。

侏　儒　（上前查看）大人，好多血啊，战靴都灌满了。

郤　克　滚！

【他继续擂鼓助阵，鼓声更急了。

侏　儒　（面向我们，自我解嘲）他就这样，有时候脾气大……箭射中的是那条残腿，他以后恐怕会瘸得更厉害。但是，你们记住，千万不能当着他的面说"瘸子"这两个字，说了他会和你拼命。

此战，齐军一败涂地，齐君差点做了晋国的俘虏。

【喊杀声远去。

【舞台一角。

【齐君的战车被荆棘挂住，走不成了。赶车的逢丑父下车查看。

齐　君　（狼狈不堪）我命休矣，我命休矣，如何是好，如何是好……

【喊杀声正在逼近。逢丑父将齐君从车上拉下来。

逢丑父　快，脱！

齐　君　（没明白什么意思）脱？

逢丑父　脱衣服！

齐　君　（还没明白）脱衣服？

逢丑父　我们换一下。

齐　君　噢……能行吗？

逢丑父　先换过来再说。

【他们七手八脚地换了服装，因为慌张，衣服当成裤子，裤子当成衣服，真是越急越出错。

【逢丑父又抓起地上的泥在齐君脸上抹两下子。

【追兵赶到时，身着齐君服装的逢丑父坐到主帅的位置，逢丑父将赶车的鞭子交到齐君手里。

【韩厥带领晋兵将他们团团围住。

韩　厥　（哈哈大笑）这不是齐国主帅吗？

逢丑父　（正襟危坐）我是国君，汝是大臣，臣子见国君不知道
　　　　行礼吗？

韩　厥　哈哈，当了俘虏，还摆臭架子。来人，押回大营。

【齐君哆嗦。

逢丑父　（将水瓢递给齐君）寡人口渴了，华泉离此不远，去给
　　　　寡人打点水来。

【齐君接过水瓢，哆嗦着，士兵并没为他让道。他看向韩
　　　　厥。

韩　厥　我们优待俘虏，（手一挥，士兵让开一条通道）去吧。

【齐君还在哆嗦。

逢丑父　（踹齐君一脚）还不快去！

【齐君哆哆嗦嗦从通道出来，连滚带爬，下。

逢丑父　来将通名。

韩　厥　晋军先锋官韩厥是也。

逢丑父　好一员虎将，汝若将寡人放了，寡人定有重谢。

韩　厥　（哈哈大笑）你拿什么谢我？

逢丑父　裂土封侯，让你一辈子享不完荣华富贵。

韩　厥　你已是俘虏，你还有土吗？你拿什么封我？……打水的
　　　　呢，怎么还不回来？

逢丑父　算了，我不渴了，把我押回去请赏吧。

　　　　　【郤克停止擂鼓，包扎伤腿。公孙行父、孙良夫、公子手
　　　　　上前问候。

　　　　　【韩厥上。

韩　厥　报告主帅，我们俘虏了齐国的国君。

郤　克　献俘。

韩　厥　献俘！

　　　　　【士兵押逢丑父上。

　　　　　【郤克艰难地站起来。公孙行父、孙良夫、公子手站在他
　　　　　身后。

郤　克　好小子，让你笑话我！现在还能笑出来吗？

　　　　　【他愣住了。

　　　　　【公孙行父、孙良夫、公子手上前看看也傻眼了。

　　　　　【侏儒过去看看俘虏。

侏　儒　这不是齐君。齐君我认识，这个不是。他是冒牌货。

韩　厥　（诧异）怎么会不是呢？你看看他的穿戴，他坐在车子
　　　　　正中，自称寡人，怎么会不是呢？

公孙行父、孙良夫、公子手　确实不是。

郤　克　你给我说说情况。

韩　厥　我们抓住齐君和他的车夫，车夫去取水，没有回来……

卻　克　取水的是齐君!（指着逢丑父）你是车夫!

逢丑父　正是。你很聪明，取水的是我们国君，我是赶车的。我们互换了身份。这会儿，估摸着国君已经回到城里了。

【韩厥拔剑要杀逢丑父。

侏　儒　慢!

韩　厥　何事?

侏　儒　让我数落数落他的罪，再杀不迟。让他死个明白。

韩　厥　好，数落吧。

侏　儒　（上前一步）逢丑父，你罪有三，皆是死罪。你，一个车夫穿戴君王服装，是为僭越，其罪一也。你让君王穿车夫衣服，遭人笑话，其罪二也。从来没有人代替君王赴难，你是破天荒头一个，其罪三也。我说完了，杀了他吧，看谁以后还敢代替君王赴难。

【韩厥和卻克面面相觑。公孙行父、孙良夫、公子手摇头。

卻　克　（按下韩厥的剑）忠臣义士，杀之不祥，放了吧。

【士兵松开逢丑父。

逢丑父　（朝卻克等人拱手）后会有期（下）。

侏　儒　（面向我们）卻克继续进军，兵临城下。前有褒姒一笑失天下，今有萧同叔子一笑要亡国。让我们想象一下：齐君忧心忡忡，彷徨无计。大殿内再也没有笑声了。不知他想起引发这场战争的笑声，是何心情。因为嘲笑几个残疾人，落下这样一个下场，国将不国。曾几何时，太后的笑声像一串串散乱的铃铛在大殿内弹跳滚动，齐君的笑声山呼海啸一般，气势惊人。他甚至笑得从宝座上翻滚下来。如今，大殿还是那个大殿，他还是他，笑声却没了，代之的是忧愁和叹息，还有悔恨。这一切都不难想象。打，打不过；和，和不了。你让他怎么办。

【场外声：齐国使者到。

卻　克　让他上来。

【使者上，向卻克呈上竹简。卻克看后，掷于地上。公孙行父、孙良夫、公子手捡起来看。

公孙行父、孙良夫、公子手　割地赔款，割地赔款……

【卻克摇头。

侏　儒　（面向我们）齐国许诺割地赔款，卻克仍不肯罢兵，一定要齐国将萧同叔子送来做人质，以报复帷幕后的笑声。你看，卻克一怒，后果很严重。毕竟萧同叔子是齐君的母亲，齐君若将他母亲送到敌国做人质，他的脸面往哪儿放？晋国大臣和公孙行父、孙良夫、公子手等也劝卻克，既已雪耻，不要太过分，哪有要国君母亲做人质的？如此，萧同叔子才没有沦为人质。

朋友们，切记，不要嘲笑别人……嘲笑人，是要付出代价的。

第七幕　梦境

【尸横遍野、血流成河的战场。

【梦境的迷离氛围。

【乌鸦和乌鸦的叫声。

【侏儒上，战场的景象让他目瞪口呆。

侏　儒　死人，死人，全是死人……血，血，全是血……两军大
　　　　砍大杀，鲜血四溅，日月无光，血由小溪汇成河流，由
　　　　河流汇成洪水，由洪水而泛滥，一片汪洋，生灵尽被淹
　　　　没……这就是战争。战争，战争。战争是一头巨兽，张
　　　　开血盆大口，吞噬生命……

【莽莽苍苍中，我听到一个老太太的声音。

老太太　儿啊，儿啊……

【老太太上。

老太太　儿啊，儿啊，你在哪里，娘来找你了，你快出来跟娘回
　　　　家……

侏　儒　（面向我们）这是齐国的母亲。她曾给过我抚慰。我叫
　　　　过她娘。她也是所有士兵的母亲。她的孩子上战场厮杀，
　　　　饮血沙场……她来为儿子招魂……

老太太　儿啊，跟娘回家喽，回家喽……咱回家，咱回家……

侏　儒　我忘不掉她。我不关心萧同叔子的命运，不关心齐君的命运，也不关心齐国的命运，我只关心她的命运。

老太太　儿啊，快起来，跟娘回家……

侏　儒　娘——

老太太　（看到侏儒，傻愣着）你——

侏　儒　娘——

老太太　你……是你杀了我儿子？

侏　儒　我没有，没有。

老太太　就是你，是你！

侏　儒　不。（指着战场上的尸体）你儿子可能就在他们之中，他被杀了，同时，他也杀了人……他们互相杀戮！

老太太　为什么？为什么？就因为太后笑话使者吗？

侏　儒　是，也不是。这场战争，表面上是这样。可是，还有许多别的战争呢，那又是为什么？说到底，战争就是杀人，一些人想杀人了，就发动战争。战争让杀戮显得很正当，合情合理。

老太太　没有天理吗？

侏　儒　天理，战争就是天理！人类杀戮动物，上帝说："人啊，多么残忍啊，杀戮吧，自相杀戮吧。"于是就自相杀戮了。

老太太　（疯疯癫癫，神志不清）杀戮，杀戮，杀戮……（哈哈大笑）你个侏儒，我笑话你，侏儒侏儒侏儒，你把我也杀了吧……

侏　儒　疯了，疯了……

老太太　我的儿啊，跟娘回家喽，回家喽——

（唱）儿啊儿啊快回家，外面凄苦虎狼多。

　　　　儿啊儿啊快回家，孤魂野鬼最难活。

　　　　儿啊儿啊快回家，心里有话跟娘说。

　　　　儿啊儿啊快回家，家里有你才妥妥。

　　　　……　……

【随着老太太的歌唱，战场上的尸体陆续爬起来，跟在老太太身后，合唱起来。

【主场灯渐暗，只有侏儒在灯光中。

侏　儒　（面向我们）我从梦中惊醒，浑身冰冷，大汗淋漓……招魂的歌声仍在耳畔回响……我身在何处呢？暗夜沉沉，阒寂无声。有风吹过，落叶飘零。已是深秋了，冬天将至。

朋友们，我的故事讲完了。这就是由帷幕后的笑声引发的故事，不，是引发的战争……战争……战争……

朋友们，愿你们生活在和平之中，愿你们有情人终成眷属，愿你们有一个灿烂的前程……我只愿……不是面朝大海春暖花开，而是不被嘲笑。不被嘲笑就好。

我想把孩子生下来（小说）

一

心理学上有个定律，说越担心的事情越会发生。叫什么定律来着？朱丽回来的路上一直在想，可是怎么也想不起来。问度娘，才知道叫墨菲定律。真他妈的应验，她心里嘀咕道，怕啥来啥，够准的。

这几天她最担心的事就是怀孕，可是，偏偏就……关键是，怀的还不是丈夫的，真是要多糟糕有多糟糕。

经过花店，她稍稍犹豫一下，还是进去了。花店不大，只有十几平方米，但该有的花都有。她一般只买百合，而且只买白色的百合。她喜欢百合的洁白和清香，还有百合的大气。平时买花，心情愉悦。现在，她有些意兴阑珊。百合依旧洁白、水灵，可是她却没有兴致。卖花的女孩扎一个马尾辫，很清纯的样子。有二十岁吗？她心里揣测着，生出许多羡慕来。这种天不怕地不怕的年龄，她也有过。多好啊，她想，可以胡来。女孩看出她在犹豫，问她想要什么样的花。她说百合，白色的。女孩浅浅一笑，拿给她几枝白百合，说这是今天刚来的。她点点头。女孩将花包起来。她问多少钱。女孩说，二十四元，您第一次来我店买花，我给您打八折，十九点二，零头抹去，十九元吧。若在以往，她会和女孩聊几句，今天她一句多余的话也不想说。付了钱，捧着花出来。一辆自行车飞驰而过，差点撞到她。她看过去，是一个少年的背影。她嗅到一股荷尔蒙气息。她怔一下，继续往前走。背后，卖花女孩看着她远去的身影，心想：真是个谜一样的女人！

朱丽走在街上，怀抱鲜花。九月是最好的季节，阳光和暖，空气怡人，天高云淡。擦肩而过的人，不由得多看她一眼。他们看到什么了？洁白的鲜花，优雅的女人，互相映照，这两样加在一起等于幸福吧？他们一定以为她很惬意吧？谁也不会想到她正在为一个小小的种子烦恼着。

这种事，她知道怎么处理。流产。没别的办法。可是，该怎么请假呢？有点小麻烦。实话实说，也合情合理，一不小心……都会理解，这种事谁也不想摊上。或者，谎称生病，比如说发烧，也可请几天假。总之，单位好说。关键是丈夫这儿，不能让他知道。丈夫在上海工作，不常回来，不必担心，他不会知道。那么，还有什么问题吗？没有了。可是……好像……似乎……有那么点不对劲。哪里不对劲呢？她又说不上来。她忽然想起可可，这个小妖精，让她给参谋参谋。她立马给可可发一条微信：亲，出事了，你能来一下吗？可可马上发过来语音：什么事，别吓我，我这就过去，你在哪里？她回复：我在外面，马上到家，你直接来家里。

朱丽回到家，把花瓶里那一大束半枯萎的雏菊取出来，丢进垃圾桶里，换上新鲜的百合。她脱下外套，挂到储物间。她掏出化验单看一眼，上面写着怀孕三十五天。好准确啊。她又将化验单塞回口袋。

敲门声响起。

她隔着门镜看一眼，是可可。

她打开门，可可拎着一个大购物袋，风风火火进屋。可可踢掉鞋子，换上拖鞋，将购物袋扔沙发上，就一屁股坐下来，看着她，说，亲，你吓死我了！什么事？我看什么事也没有。你说出事了，吓得我这小心脏扑通扑通……你看，现在还在跳。

可可上去抓起朱丽的手放到胸口上，让她感受。朱丽并没认真感受，很快将手拿开。可可总是这么夸张。不过，她身上升腾的热气、额头上细密的汗珠以及粗重的呼吸，都说明她是慌里慌张跑来的。可可总是用这种方式让她感动，她也应该感动。

嗯，还在跳。朱丽说，你买的什么？快拿出来我看看。

一条裙子，我是从商场过来的。可可说，你吓死我了。你说出事了，什么事？

我看看，什么裙子？

你帮我参谋参谋，不合适我拿去退。

在所有朋友中，可可最信任朱丽的品位，已经信任到盲目的程度。她曾想对抗朱丽的品位，尝试几次之后，不得不承认这方面朱丽就是强，比她高明。朱丽更懂衣服和搭配。从此以后，可可买衣服总是征求朱丽的意见，朱丽也乐意为其参谋。这次可可买衣服没征求朱丽的意见，自己心虚。

朱丽从购物袋内掏出一件黄色连衣裙，抖开，瞪大眼睛看着可可。

怎么了？可可问。

这颜色真够响亮的，朱丽说，像吹响的小号。她本来想说像大喇叭，话到嘴边换了词。

可可搞不清是赞美还是嘲讽，说，你不是说关键看搭配吗？

没错，不过——

卖衣服的姑娘说穿上年轻十岁。

也许换个说法更恰当。

什么说法？

年轻十岁穿上……

你是说我不适合穿这么亮的裙子？

年轻十岁，穿上光彩夺目。

现在呢？

穿上年轻十岁，那姑娘说得没错。

可可竟然没听出她的嘲讽之意，还兴冲冲地要试穿给她看。

我穿上，你帮我看看，不合适我就退。

可可进到房间里换上裙子，走出来看到朱丽的表情，她已经知道什么效果了，不自觉地有些懊恼。更让她郁闷的是朱丽又一次打击了她的品位。

嘻，别说！

可可自己也不能忍受这件裙子了，她迅速进房间将裙子换下，塞进购物袋里，舒了一口气，总算摆脱了。她以为自己巧妙地掩饰了内心那一丝挫败与懊恼，但看朱丽的眼神，她就知道什么也没掩饰住。

你是对的，可可说，那会儿我忘了自己的年龄，那姑娘恭维我两句，我就昏了头，以为自己只有三十岁。穿上这个裙子再年轻十岁，我就成了二十岁的小姑娘。店里柔和的光一照，镜子里，你别说，我真看到了二十年前的我。自嘲也不行，还是有些尴尬，她凑到百合花上嗅了嗅，真香！最好的办法是转移话题，回到正题上。说说吧，什么事？

朱丽给可可泡一杯茶，放到她面前。

说说，出什么事了？可可又说。

两个女人在一起，即使是朋友，也免不了有竞争，或衣着，或心情，或品位，或气质，或化妆……暗中比较，忖度胜负。朱丽的品位压过可可，可可马上反击了，而且一下子就击中了要害。

朱丽去储物间将化验单掏出来给可可看，这样做一步到位，瞧，这是证据，你一看就全明白了。

可可的确看明白了，怀孕三十五天。对四十岁的女人来说，要还是不要，这是个问题。这个问题虽然不像哈姆雷特那个问题那么致命，但也够烦的。要不，她不会急急火火把我叫来。她肯定要征求我的意见，不着急，先摸摸她的态度再说。

什么时候化验的，今天吗？

今天。朱丽说，这个月大姨妈老不来，我就想，糟了，要倒霉了，别他妈是怀孕了。真是怕处有鬼，一查，还真是的。我就给你发微信，你是第一个知道的。

这就对了，就应该第一时间告诉我。可可说，这是好事啊，应该祝贺！这个年龄，怀孕可不是一件容易的事。了不起，你太了不起啦！从今儿开始，你什么也别干，都交给我，我来干，你只管歇着。想吃什么，我给你买，我给你做，叫外卖也行。想吃辣，还是想吃酸，有没有妊娠反应？

可可是言不由衷，她知道朱丽不想要孩子，朱丽给她打电话说出事了，意思还不够明显吗？但她觉得必须这样说，这样说才政治正确，进退自如。同时，她又暗暗得意，朱丽在品位上压她一头，但在这类事情的处理上，朱丽却是个白痴，需求于她。

朱丽摇头，我哪有那么娇气，四十岁的人了。

可可说，正是大龄，才要娇气。年轻啥都好说，驴踢马跳也没事。这个年龄怀孕，就得小心了。我有个同事，比你还小一岁，怀孕了，哎哟，那比大熊猫还娇贵，走路都怕掉了，打个喷嚏都恨不得再到医院检查一遍，看掉了没有，啧啧。

真这么容易掉就好了，那我走路就蹦着走，一天立定跳远一百次，再打一百个喷嚏，哪怕翻跟头也行，一天再翻一百个跟头，只要……

喂，喂，我怎么听着不对劲，朱朱，你难道不想要这个孩子？

不想要，一点儿也不想要。我这个年龄，再弄个小婴儿，天天叽哇叽哇哭，又是屎又是尿的，你说我能受得了吗？烦也烦死了。

你知道多少人想要还要不上呢，你可倒好，怀了还不想要。

我，你还不知道吗，我能是那种为了孩子放弃自我的人吗？我要先为自己活着，对得起自己再说。可可，我不是生育机器，没必要再为社会造一个人。

没怀上也就算了，怀上就生了吧。肯定是个漂亮的宝宝。

不，决不。

这可是一个小生命啊，就像一粒种子，已经在土里发芽了。

还没拱出地面，就没必要出来遭受风吹日晒雨淋了。如果知道外面有多可怕，你说，他还愿意出来吗？朱丽自己回答道，愿意才怪哩。

你决定不要了？

决定不要了。

不会反悔？

决不反悔！

可可松了口气，将化验单还给朱丽，朱丽又放回口袋里。

可可说，唉，不要了好，不要了好。说句实话，弄个婴儿，你的生活就全毁了，差不多你的一生就完了。快活到头了。旅游别想了。找你喝个茶你恐怕都没时间。

你真是个变色龙，来回都由你说。说要也是你，说不要也是你，你到底是让我要，还是不要？

可可突然一本正经地说，朱朱，这事不开玩笑，要或不要，都是你做决定，我可不担这个责任。我要说了，哪一天你后悔了，还不把我骂死。

朱丽半开玩笑地说，你还是闺密吗，把自己择这么清？告诉你吧，我永远不会后悔！你该咋说就咋说，我啥事都不会赖到你头上。

可可为自己辩解，本来就是你拿主意嘛。

朱丽若有所思。

想什么呢？

我……朱丽欲言又止。

你也会吞吞吐吐？可可说，这可少见。

朱丽在想自己拿主意的事，可可说的没错，这事本来就该她拿主意。自己的事，自己决定。何况，还有更重要的内情没给可可说。要给她说吗？她们俩可是因为交换秘密成为闺密的。她们无话不谈。至少看起来是如此。或者，她们都竭力给对方营造这样的印象。朱丽喃喃地说，你说，我会不会完蛋？这话把可可吓一跳，不就是怀孕嘛，多大个事，看把她吓的。可可说这是 21 世纪的中国，你又没有宗教信仰，流产算什么，计划生育，你知道每天要计划掉多少胎儿吗？再说了，现在还说不上是胎儿，甚至连个小蝌蚪大都没有。你权当一个小蝌蚪在这儿停了一下，又游走了。就这样，没那么可怕。

能不能药物流产，我这个年龄？朱丽问道。

应该能吧，我认识一妇科主任，我帮你问问。

可可掏出手机。

别说我名字。

知道。

可可拨号。

等等。

可可看着朱丽。

你准备怎么说？

还要打个草稿吗？可可说，我就问，四十岁，药流可以吗，嗯？

时间？

什么时间？可可说，单子上不写着吗，孕期三十五天。哦，你是问什么时间药流合适？我知道了。

可可拨通电话，不自觉地起来往窗边走，朱丽紧张地看着她。

喂——唐蒙，我是可可……别挂别挂，我就问一个小问题，一句话……四十岁的女人怀孕了，能不能药物流产……嗯……嗯……好，我知道了……好的，你忙吧，有事我给你微信……OK（好），拜。

能吗？朱丽问。

能，但不是每个都成功。

不成功会死吗？朱丽突然声音变得尖厉，吓可可一跳。

不会吧。可可说，只是流不干净，需要刮宫。

朱丽无比沮丧，她说，那就糟了，全败露了。

可可说，什么败露了？

什么败露了？朱丽意识到她说走嘴了。按弗洛伊德的理论，口误、玩笑之类，都是潜意识的显露。她的走嘴，说明潜意识中她是倾向于暴露这个秘密的。是的，是这样，她承认，她想说给可可听。再说了，可可也把自己的秘密说给她听，比如，可可最近又找了个情人，她这个情人可厉害了，让可可体验到了她从没体验过的东西——高潮。可可愤愤不平地说，妈的，老娘总算知道了什么是高潮，原来我以为我那些就是高潮，其实只是快感罢了，高潮是这样，就像脊椎中在放焰火，哇，没体验真的是不知道，妈的，以前都白做了。

可可问，什么败露了？不能说吗？

你能猜到。

你是说——

是的。

不是林涛的？原来这才是问题的关键，也是朱丽的烦恼所在。

时间不对。朱丽说，我和林涛……是在安全期，不可能。

你又——

那是一周后的事，我和情人。这次危险。我知道危险，心存侥幸。想着这么大年纪，哪那么容易怀孕。妈的，邪了，一枪命中。朱丽哭笑不得，当她说粗话的时候，仿佛在报复无奈的生活。

可可也笑起来，他可真厉害！可可讽刺道。

是厉害，妈的，把老娘害苦了。

你太大意了。

谁说不是呢。我昏了头，要赌一把。你说这事能赌吗？我在和谁赌？和上帝吗？和命运吗？不输才怪，不输才怪哩。活该，我活该！这是我自找的，完全是我自找的。其实，事后还可以吃毓婷，我就是不愿意。我等着。提心吊胆。结果就等来了。你说，我不是自找的是什么？朱丽越说越激动，越说越懊恼，想到随后要面对的麻烦事，她感到生活越来越灰暗。这事……只能悄悄做，没法请假，也不能让他知道。还有公公婆婆也不能让知道。我得咬牙坚持，还得上课，还得洗衣做饭，还得让他……那个。我的身体又不是很好，落下病根，一来二去，一来二去，我岂不完蛋了。

可可完全被朱丽的话感染了，仿佛看到闺密正在死去，不由得黯然神伤，几乎落泪。真可怜，真可怜，她说。

朱丽反过来安慰可可，好像可可正在经历不幸。好了，没事，都会过去的。

手机响铃，朱丽看一下来电显示，是老公。她马上换了一个人似的，声音也变得甜美。

老公，今天怎么有空给我打电话了？林涛来电没别的事，只是核实一下刷信用卡的事，朱丽拿的信用卡是副卡，主卡在林涛那儿，绑定的是林涛的银行卡。她刷的每一笔钱，林涛的手机上都会显示。

挂断电话，朱丽抱怨，林涛关心的永远是钱。

可可说，我有一个办法，可以让你光明正大地去做。

朱丽还没从和老公的通话中回过神来，有些恍惚：做什么？

人流啊，我们刚才正说的话题。

哦——

身体最重要，你要光明正大地做。该请假请假，该休息休息，该不让他那个就不让他那个。

我也想光明正大，可是……

不用担心，唐蒙答应帮忙，有她在，怕什么！妇科主任还摆不平这事吗！

朱丽看到了希望：亲爱的，我就靠你了。

可可为能帮到朱丽感到得意，她说，我刚才和她微信了，我把我们微信的内容读给你听听吧。可可有意模仿妇科主任的声音，听上去很权威：她现在查出怀孕，就算一个月了。如果误差一两天可以，她这差半个月啊。我问她下个月给你老公说能混过去吗？她说，过半个月说，有的能蒙混过去。接着，她又说，有点冒险。有点冒险。

我在网上查过，B超一做就能发现孕期，混不过去。

科技这么厉害。

她还说什么？

她说，除非她老公什么都不懂，也不问医生。

这怎么可能。完了。完了。她有什么主意？

她问你最近一次月经是几号，月经周期是多少天？

上次来月经是 8 月 7 号，不对，8 月 6 号，是的，8 月 6 号，没错。6 号来的，9 号结束。老公 10 号回来，我们就……那个了。月经周期，最近几个月都是 25 天。

她又问……

可可不好意思说，把微信给朱丽看。

朱丽看后，转了一圈，拿定主意。

她是你朋友？

好朋友！

让她替我保密。

我没告诉她你是谁，我只说是一个好朋友，人特别好。

好吧。你发微信，就说我和老公是 8 月 10 号，我和情人是 8 月 19 号。

可可发出微信后，很快收到回复。

妇科主任回复：日子记这么准确。

哼——

如此看来怀的是情人的。

朱丽说，和我猜的一样，这可怎么办？

可可说，又有微信了。她说，听说过排卵期出血吗？

排卵期出血？朱丽没听说过。我问问度娘。度娘回答如下：

在有规律的两次月经中期，即排卵期，由于排卵所致的雌激素水平短暂下降，使部分女性的子宫内膜失去雌激素的支持，而出现子宫内膜脱落，引起有规律的阴道出血，称为排卵期出血。中医学称之为"经间期出血"。

又有微信进来。

她说，只要把 8 月 6 日那次月经说成是排卵期出血，8 月 10 日那次爱爱就有可能怀孕。这样就能说成是你老公的，光明正大。

你以为他会信啊？

那就看你怎么表演了。再说了，我们还有专家，怕什么。

孕期对不上啊。

是啊，我再问问，这可不能出差错。

可可发微信，转眼，回复就来了。

她老公是妇科专家啊，干吗那么做贼心虚。又一条：

> 下周，叫你朋友来一趟，我给她做个检查，再开个诊断
> 证明。

你那个证明呢？

朱丽掏出证明。

撕了吧，可可说，这个没用了，留着干吗？

朱丽说，留着做个纪念。

二

第二天，可可就要陪朱丽去第一医院找妇科主任唐蒙。她给

唐蒙打电话，唐蒙说急什么，等一周再说。可可说，早做早了。唐蒙说，听我的，等一周。可可说，我朋友为这事很烦心，能不能早一点？唐蒙说，我很忙，总之，你听我的，一周后叫你朋友过来。

一周后，可可陪朱丽过去，唐蒙给她们解释：我现在开证明才合理，要不说不过去。

朱丽一想，也是，如果说成是8月19号怀孕，一周前来检查确实有点早。

可可虽然数学不错，可还是没明白过来。

唐蒙向朱丽确认这个孩子一定会拿掉，才给她开了证明。她说，你可别反悔，把我也带坑里。可可说不会，绝对不会。

从医院出来，可可提议从河堤上走回去。河边风景优美，只是要绕点路。走走路正好，反正没什么事。她们就沿人民路向南走二百米，折向东，再走二百米，就是河边了。

河水被橡胶坝拦起来，水面宽阔，河两岸经过多年治理，垂柳、花卉、草地、雕塑、长椅、木头栈道、假山、修竹、长亭等，像公园一样。城市最美的地方，人们休闲的好去处。

由于天气太好了，她们就上了一条船，在河面上荡漾。船，总让人想到大事件，比如某个重要的会议。她们可不是要效仿什么，她们只是有这么点兴致罢了。接下来的策划，初看上去也像玩笑。

可可认为有了唐蒙的诊断证明，一切 OK，林涛即使怀疑，也说不出什么。朱丽却还是担心。可可说她是做贼心虚。她承认，做贼心虚。可可不了解林涛，林涛没那么好糊弄。自己吓自己吗？不。

可可说她这么没信心，林涛本来不怀疑，也要怀疑了。她揶揄朱丽，这么胆小，还敢偷腥。她猜测朱丽是心中有愧。她开导朱丽：亲爱的，你只是不想身体受伤害，健健康康的，老了还能照顾他，这是为他好，干吗要自责？你没必要这样。

朱丽说，话是这样说，就是心里不踏实。

他想要孩子吗？

不。一个就够了，这是他说的。公公和婆婆倒是想要，他不想。他说他不喜欢孩子。干吗给自己找麻烦。

他态度坚决吗？

还行吧。

这就好办。可可说，男人都是蠢货，你只要反着来，他一定抓狂，他一抓狂，哪还有心思想别的。

他不蠢。

男人都蠢。

怎么反着来？

你就说要把孩子生下来。

我要把孩子生下来？

对！你要把孩子生下来。你坚持，他反对。他反对，你坚持。你越坚持，他越反对。他越反对，你越坚持。这样一来，他的注意力集中在哪儿？是不是在要不要孩子上？这样，他还会问孩子是不是他的？会吗？绝对不会！

他知道我们是在安全期做的。

你们不是在安全期，是在排卵期！

做的时候，他问我要不要戴套，我说不用，刚结束，没事的，安全期，是我告诉他的。

妇科主任是怎么教你的？

排卵期出血。

你说你弄错了，是排卵期出血，你当成月经了。

我直接这样说吗？

那是此地无银三百两！

那怎么说？

不是说，是演！要演出来。

演出来？

演出来！

我不是演员，我不会演戏。

演砸会怎样？

我死定了。

人在生死关头会爆发出巨大潜能，你行的。

我行？

你行！

我怕不行。

我来给你排练。想象一下，你怎么告诉他你怀孕的事。这是诊断证明，你要相信这是真的。你就是这样怀孕的，是和林涛。你没有和别人过，你没情人。更没一夜情。要理直气壮。错不在你，错在排卵期出血……

朱丽让她小声点，另一个游船离她们不远，船上一男一女，他们会听到的。

听到就听到，怕什么！可可压低声音说，说不定他们也是一对狗男女。

因为"狗男女"这个词，她们心照不宣地笑起来。她们私下里自嘲，称自己和情人是狗男女，也调侃闺密和情人是狗男女。狗男女，在她们的嘴里是一个可爱的暧昧的含意丰富的词。

回到家，可可自问：我是不是给朱丽出了一个馊主意？她想，如果打个颠倒，她处在朱丽的位置，怀孕了，不是丈夫的，她会在丈夫跟前演戏吗？想了一会儿，她说，会的，我会演戏，不演戏难道我还告诉他真相不成。这样一想，她心里踏实了。她觉得她对朋友是真诚的，问心无愧。另一方面，她告诫自己，千万要小心，不能怀孕。趁老公还没回来，她给情人发一条微信，三个字：我想要。瞬间，情人的短信回过来，两个字：过来！她又回一条短信：去！随即她把微信全删了。她想到"去"的双关性，哑然一笑，又想起一个笑话，说两种人容易被甩：一种是不知道什么叫做爱，另一种是不知道什么叫做爱。接着她又想到一个笑话：剩女产生的原因有两个，一是一个都看不上，二是一个都看不上。哈哈！

她在朱丽这件事上扮演的是什么角色？导师？闺密？教唆犯？表演艺术家（朱丽是牵线木偶）？她不能确定，也许都有吧。她边做饭，边想象朱丽如何演戏。

下面这个画面完全出自她的头脑——

朱丽打电话给林涛，说有消息要告诉他，他呢？他关心的是信用卡，她会不会要申请买一件昂贵的东西，他们之间有约定，买昂贵的东西需要向他请示。她说不是，她不买东西。他松了一口气，在他眼中他妻子就是一个败家的娘们儿。他们通话从不说思念之类的话题，那太虚伪了。他们说的都是钱和物。这些才是切实的东西。噢，说吧，他说。朱丽让他猜，他哪有心思去猜，他只想快点挂断电话。挂断电话最好的办法就是顺着她说，猜，那就猜吧。他猜：你捡到钱了？她说不是。又猜：你晋职称了？她说不是。又猜：你做头了？她说不是。他说实在猜不出，他的耐心已快耗没了，快说吧，我还有事。朱丽说，我……有了。什么？可以想象林涛的惊诧，他心里一定在想，见鬼，这什么情况。

朱丽进一步刺激他，她强调说，我说我有了。有了，有了什么？不会是……朱丽说，就是！林涛声音都变了：你怀孕了？朱丽嗯了一声。林涛一定觉得朱丽是在和他开玩笑，不能上当，他告诉自己要冷静，他说，怎么可能，不可能，你开玩笑的，要不就是弄错了，我们那一次是安全期，不可能，不可能，你去医院检查了吗？朱丽说，我刚从医院回来。林涛的声音又变了，变得冷漠，或者冷酷，声音也是有温度的，这时他声音是零下40摄氏度，他说，你认为安全期能怀孕吗？言下之意，别拿我当傻瓜。朱丽说，错了，那不是安全期。林涛说，你亲口说的，（学她的腔调）刚结束，没事的，你不会不记得吧。朱丽说，我和你一样，不相信！不可能，这怎么可能，我对医生说，这太荒唐了，肯定是弄错了，我不是怀孕，而是长了什么；医生很生气，说没错，你就是怀孕了，什么安全期，你听说过排卵期出血吗？我没听说过；问度娘，还真有这么回事；你也问问度娘，别那么阴阳怪气的；我受不了，我……这时候朱丽该号啕大哭了，要哭得委屈，委屈极了，根本哄不住。别的不好演，哭还不好演吗？只要哭就行……

这样太平淡了，可可想，来点刺激的吧。于是，她想象林涛接电话时的情景，他在干什么？

林涛正在脱衬衣，不，不是他在脱，是另一双纤细的手，女性的手，在将他的衬衣从裤子里往外搂，急不可耐……对，应该是这样的场面，香艳的、情色的……毫无疑问，那是林涛的情人，朱丽给她说过林涛有情人，但她没见过……林涛示意情人别出声，老婆的电话，他说。这个小妖精，一脸坏笑，她明白不能弄出声音，但手上的动作一刻也没停，不但没停，还变本加厉，剥去他的衬衣，又解开他的裤带，拉下他的裤子，示意他抬脚，先左脚，后右脚，她将他的裤子脱下，故意挑逗他……他不可能没有反应，男人嘛，怎么会没反应呢，越是这时候越是刺激，她恶作剧般地看着他，用手指弹弹那斗志昂扬的东西……林涛任她挑逗，装作不在乎。他竭力将注意力集中到电话上，朱丽这次说的不是买东西的事，与钱无关，他以为应付几句就完了，后来她说的话让他很惊诧，她怀孕了，这怎么可能，她在开玩笑吗？看来不是，是真的，她又说了许多，他没听进去，他的头是蒙的，他一次消化不了那么多信息……朱丽号啕大哭，她为什么要哭呢？我冤枉她了吗？到底哪句话伤害她了？他哄她，先哄住再说……小妖精不知道发生了什么事情，还在挑逗，或者说，越是不合时宜，她越要挑逗。她扒下他的内裤。他赤条条的。他顾不上阻止她。老婆让他问度娘什么，他想不起来了。她已经问过了吧？应该没错。也许……已经不是也许了，是真的，老婆怀孕了。他干的。如果不是他干的，老婆没胆给他说。她多半会悄悄打掉。既然老婆敢给他说，那就说明是他干的。这是他瞬间的推理。不是我的错，他想。那就姿态高一点吧。于是，他哄老婆：别哭了，亲爱的，我又没说什么，我没有怀疑你，我只是不太相信，对不起，是我不好，我不该怀疑你……小妖精毫无成就感，甩手而去，大概也生气了，拿起枕头狠狠砸向他……

可可不无恶意地想，这才是戏。林涛不是什么好鸟。有一次，她去他们家，上楼时，朱丽走在前面，她跟着，林涛走在后面，林涛竟然摸她屁股。她感到恶心。她回头瞪林涛一眼。这件事她没给朱丽说。她怕说了朱丽误会。后来，只要林涛在家，她就不再去他们家。朱丽邀请她，她总找借口推辞。

对朱丽来说，撒谎并不难，难的是如何哭出来。她好久没哭过了。她也不知道是她变坚强了，还是生活中根本没什么事值得一哭。粗糙的生活已经把她的心磨出了茧子，哪里还会哭。看电影她倒是会流泪，但那不算哭，流泪和哭是有区别的。给林涛打电话前，她有过犹豫，她甚至想放弃这个计划。这太冒险了。悄悄打掉算了，不请假，不休息，林涛回来还是有办法拒绝他的，比如假装生病，说头疼，或者肚子疼，等等，他不会用强。小别胜新婚，他们已经一千次小别了，早就疲了。最后之所以打电话，并非全是可可的鼓动，还有她自己说不清道不明的原因。打电话的时候，她心虚得厉害，她想完了，完了，一定会露馅儿的。突然她恐惧得颤抖。接着，她哭起来，她也没想到她哭得这么容易，哭得这么逼真，哭得这么委屈。她不是在演戏，她是真哭。她哭，不是为了圆谎，而是哭自己的青春，哭自己的懦弱，哭自己的无力。她，曾经那么果敢、那么独立、那么自我的人，现在变得患得患失，斤斤计较，畏缩不前。她哭自己活得失败。她哭自己窝囊。她哭自己没有勇气。

他哄她，而她，要求等一下。孩子，她说，现在政策允许，我也有精力，还有，爸妈一定非常高兴，他们会帮我们带孩子……你说，你想要男孩还是女孩？我们已经有儿子了，我想要个女儿，也不知能不能如愿……

这都是可可教她的，她口是心非地往外倾倒。看他怎么说。果然不出所料，他不想再要一个孩子。他越是不想，她心里越有数，反而越坚持。她说，你知道这个年龄怀孕有多难吗？这是上天赐给我们的孩子，没理由不生下来。

林涛说，你要生下来，我们的生活就全毁了，人生就完了……又是一把屎一把尿，又是起早贪黑……幼儿园每天接送，小学接送，上各种辅导班……中学压力山大，得想办法上好初中好高中……好不容易上了大学，他要出国，又得一大笔钱……大学毕业得帮他找工作，买房子，娶媳妇，抱孙子……你想想，你还有自己的时间吗？你还能出去旅游吗？你还能逛街吗？一切就绪，我们差不多该进坟墓了。

朱丽说，这些我都想过了。

想过，还愿意生吗？

愿意，朱丽说，我的生活毁了不要紧，这是一个生命，我不能不要。

林涛说，什么生命，现在连胎儿都算不上，甚至连小蝌蚪大都没有，权当是个蝌蚪，它游过来，在这儿停一下，你让它游走得了。

朱丽说，老公，你什么意思，难道你想扼杀自己的孩子？

亲爱的，我不是这个意思，我……是为你考虑。

老公，我吃多少苦都行，只要你答应我，留下这个孩子，我求你了，答应我吧。

……好，我答应你。

第二天，朱丽给可可微信：都是你出的好主意！

刚开始可可以为朱丽是在夸奖她，等一会儿她才品出味来，不对，不像是表扬。

可可微信问：怎么了？

朱丽答：越来越糟了。

帮人帮到底，送佛到西天。半个小时后，可可来到朱丽家。朱丽给她讲了事情经过，最后对可可说，糟了，他竟然答应了，这可咋办？

原来如此，可可笑得捂住肚子在沙发上打滚，她说，你可真能演，演技爆棚啊，哈哈哈哈……

我掉进泥潭了，你还笑。

可可还止不住笑，她说掉进泥潭的另有其人。

我不明白。

可可勉强止住笑，你真是个天才，你竟然把他说服了。

弄巧成拙，这可咋整？

可可说，论穿衣品位我不如你，论阴谋诡计你不如我。她分析，林涛不想要孩子，他答应让朱丽生，是被逼的，并非他的真心。他还会做朱丽的工作。

朱丽说，要就坡下驴吗？

可可说，不，继续折磨他。

三

不能只是折磨林涛，还有一个人要折磨。朱丽给情人薛勇发微信，要求见面。薛勇开了房，将房号发给她，她打车过去。

房门虚掩着。她推门进去，薛勇一把抱住她，边亲吻，边锁上门。薛勇将她抱到床上，要剥她的衣服。她制止薛勇。怎么啦？薛勇说。她看着薛勇，不说话。咋，不开心？她还是不说话。谁惹你了？她仍然不说话。薛勇捧着她的脸端详，我看看，出了什么事。她直直地看着薛勇。说吧。她说，出事了。薛勇吓一跳，以为他们的事情败露了。他说，他发现了？她摇头，不是这事。那是什么？她将诊断证明掏出来给他看。当然是第一份诊断证明，真实的那个。薛勇一算时间，知道怎么回事。他让她买事后避孕药，她说不会有事，这个年龄哪那么容易怀孕。他说不敢大意。她说没事。他没再说什么。这种事，女人应该更清楚自己的身体。他们赌一把，结果赌输了。对不起，他说。不怪你，朱丽说，都是我的错。别这样说，薛勇抓住她的手，给她力量。

怎么办？她说。

能怎么办？薛勇心里说，你总不会想把他生下来吧？

朱丽沉默。

薛勇觉得还是让女人自己说出来的好，他等着。

我害怕，朱丽说。

怕什么？薛勇说。他心里说，流产又不需要单位开证明，也没什么风险，有啥好怕的。但这话不能说出来。

怕……

怕疼吗？

疼……我怕……我还怕……

还怕什么？

怕……我不知道……我……我把事情弄糟了，我给林涛说了。

说了什么？薛勇不敢相信她的话，一个女人怎么会这么傻，傻到要把这样的事告诉丈夫，她疯了吗？

说了怀孕的事……我说是他的。

他信吗？

他开始不信，后来信了。

然后呢？

我要把孩子生下来。

你的主意，还是他的主意？

我的主意。

你以为纸能包住火？

我想要这个孩子。

你想过后果没有？

想过。

想过，你还要生？

是，他也同意。

这是一对什么人啊，薛勇想，林涛是个蠢货倒也罢了，朱丽，这个聪明又放荡的女人，怎么会有这种想法——把情人的孩子生下来？她不怕有朝一日事情败露，她吃不了兜着走吗？他竭力控制自己的情绪，不说出过激的话。但除了过激的话，他无话可说。

不要你负责，你怕什么？

不要我负责，说得倒轻巧，我能不负责吗？那是我的骨肉，我的孩子，我不能亲近，不能照顾，他不问我喊爸，问另一个男人喊爸，想到这些，你以为我能受得了吗？

你可以当他不存在。

怎么可能，不，不可能，我做不到。

那……你想怎么办？

不能要……不要让他毁了你的生活。

还有你的生活。

薛勇承认，是这样，没必要虚伪。如果生下来，这就是一个定时炸弹，不定什么时候爆炸，将他们的生活炸得四分五裂。

你怕了？

我能不怕吗？

朱丽说有些事她也想过，她不是没想过，但她觉得不会发生，他怎么会怀疑呢？他不可能怀疑。

薛勇说不怕一万，就怕万一，现在不光有血型，还有 DNA（脱氧核糖核酸），如果有一天，他去做鉴定，真相大白，怎么办？我们可以不要婚姻，可是你想过没有，这对孩子公平吗？他要承担多少压力，他怎么看你这个母亲，怎么看我这个亲生父亲？

朱丽说她理解，这是很可怕，她没想到这一层。薛勇趁热打铁，劝她将孩子打掉，她接受了。但她说，我该怎么对林涛说呢？

四

周末，林涛回到家，掉入了陷阱。有两样东西在等着他，一是诊断证明，二是药。诊断证明，这个他必然会看到，不急。药，这是主要的，既要让他看到，又要自然而然，不着痕迹。不能不说朱丽做得很巧妙，她让林涛看到了药瓶，又"悄悄"将药瓶藏起来。这"悄悄"稍嫌笨拙，恰好被林涛瞥见。他问朱丽怎么了，哪儿不舒服。朱丽说没什么。他问吃的什么药。朱丽说普通药。这回答太笼统了，说了和没说一样。朱丽让他看诊断证明，没错，就是唐蒙开的那个。他一推算，正是自己的。他说，我原来以为不可能，根本不可能，没想到……是真的。朱丽说，我原来和你一样，也认为不可能，谁想到会怀孕，早知道……他说，这不怪你。她说，也不怪你。这个环节，他们达成了共识，即谁也没责任。那好吧，该往下说了。朱丽为林涛沏上茶，又说了点儿子的事。儿子住校，一个月回来一次，平时没什么事，聊天多是说成绩和伙食，偶尔也关注一下情绪。然后，朱丽一边准备做饭，一边将话题拉回来。

朱丽说，你说要打掉孩子，我还以为你不爱我了呢。

林涛说，哪能，我是怕再要个孩子毁了你的人生。

朱丽说，我也怕毁了我的人生。

林涛一阵惊喜：那……就……

朱丽说，可我宁愿毁掉人生，也要把孩子生下来，这是一个生命！

林涛说，还说不上吧，你有妊娠反应吗？

朱丽说，没有，能吃能睡，吃嘛嘛香。

林涛说，近来没事吧？

朱丽说，没事，就是想你，老公，越是这时候越想你。

林涛说，没吃药？

朱丽假装警惕，说，查出怀孕后，我就没再吃药。

之前呢？

之前？

之前。

之前……只是……其实也没什么了。

把你吃的药给我看看。

没啥好看的，就是普通的药。

给我看看。

查出怀孕后，我就没吃了。

给我看看。

朱丽想将话题岔开，老公，你累了吧，有热水，你冲个澡吧，等着吃饭。

不累，把药给我看看。

朱丽只好把药瓶掏给林涛，药就装在她口袋里。她说，很普通的药，查出怀孕后，我就没再吃了。她想将药瓶拿回去，林涛闪一下，没让她得逞。

林涛：氧氟沙星……你看过说明书吗？你看，这儿写着孕妇禁用，孕妇禁用。

朱丽剥洋葱，剥着剥着开始流泪。她知道这时候必须借助洋葱了。她不是演员，眼泪不是说来就能来的。从厨房出来，坐到沙发上抹眼泪。

林涛过去安慰朱丽，亲爱的，我答应你要这个孩子，说话算数。朱丽抬起头愕然地看着林涛，旋即哭起来。这次是真哭，她不知道该怎么收场了。林涛说，亲爱的，但是——听到"但是"，朱丽精神为之一振，且听林涛说下去——我们既然要，就得对孩子负责是吧？朱丽说，我会负责的。

林涛说，你看，我们缺少准备……

朱丽说，这是个惊喜。

林涛说，你吃的这种药是孕妇禁用。

朱丽说，我没吃多少，还不到一瓶。

林涛说，还不到一瓶？已经够多了。

朱丽说，上面没说吃这种药一定会生畸形儿。

林涛说，"孕妇禁用"是什么意思？

朱丽说，老公，你还爱我吗？

林涛说，当然，我爱你。

朱丽说，我想把孩子生下来。

林涛说，我也想，可是——

朱丽说，我会对他负责。我可以不出国，不旅游，不上淘宝，不出去约……朋友逛街。

林涛说，可是——

朱丽说，我还会对他进行胎教、早教，让他成为一个聪明的孩子。

林涛说，可是——

朱丽说，我还会让你多和孩子亲近，都说父亲多和孩子亲近，孩子会更健康，更聪明……

林涛说，可是，停！我想说什么呢？

朱丽说，我会是一个好母亲，你也会是一个好父亲。

林涛想起来了，药，你怀孕期间吃过这种药，孕妇禁用的药。

朱丽委屈地哭，老公，我……吃药的时候不知道怀孕。知道后我……就没吃了。

我向你保证，我说的全是真的，百分之二百真的。

我没说你骗我，问题是——

老公，我不是有意的。

我没怪你，只是——

老公，我求求你，别让我打掉孩子，我喜欢孩子。

你什么时候开始喜欢孩子的？我记得你说过不想再生了。

那是没怀孕，一怀孕我就喜欢上了。就像不喜欢狗的人，一旦养了狗，必然会喜欢一样。

这比喻可真妙，不过这时候林涛顾不上欣赏比喻，他说，如果……我说如果……你知道我要说什么。朱丽说，我不知道，我害怕从你口中听到残忍的话。什么是残忍的话？你知道。

林涛说，我不知道。没有什么是残忍的。我说的是"如果"，这只是一个假设，一种可能性，有可能发生，也有可能不发生。

朱丽说，"如果"，我听着害怕。

你知道我要说什么吗？

我不想知道。

林涛说，亲爱的，你听着，你不想知道，我还要说"如果"，如果你生下的是……

朱丽突然歇斯底里哭起来，她抢过他的话头儿，替他说：如果我生下的是个畸形儿，要还是不要？林涛，你为什么要诅咒我？你为什么要诅咒我们的宝宝？他是你的孩子，你怎能忍心诅咒他？

林涛为自己辩解，我没有诅咒你，也没有诅咒孩子，我……我说的是"如果"，你听不明白吗？如果，如果，如果！

朱丽似乎下了决心，她说，老公，就是生个畸形儿，我也要生！我也要养！我也会对他负责！

林涛忍不住发怒，你疯了吗？你有什么权利生下一个……那样的孩子？这是你一个人的事吗？你生他养他就是对他负责吗？你知道他想不想来到这个世界？你知道他愿意不愿意承受可怕的命运？你对他负责，你能负起这个责吗？你知道这会给他造成多大的痛苦吗？你要把我们的生活全毁了吗？你要让我们跌入地狱吗？

朱丽愣住了，定定地看着老公。她被老公的气势吓到，缩在沙发一角，瑟瑟发抖。

林涛并没意识到自己失态，仍然将满腔怒火往朱丽身上倾倒。他说，我一步步奋斗，一步步打拼，容易吗？当初你想离开我，还不是因为我穷。从那时起，我发誓，拼死拼活也要混出个人样儿。我要让人们看看，我林涛好样的。我开大奔，住大 HOUSE（房子），开公司，生意做得风生水起，谁见我不点头哈腰。可是，风云突变。猛然间，你要毁掉这一切，要让我们回到二十年前，你竟然做得出来，你竟然要生下一个畸形儿……他重重把药瓶摔地上，继续发泄怒火，变成了一个完全失控的野兽。他说，这是我的错吗？为什么要惩罚我？你要不说是安全期，我会让你怀孕吗？我哪一次不是小心谨慎，害怕出事，结果还是出事了。这是我的错吗？这是我的错吗？再说了，我对你不够好吗？儿子送到了寄宿学校，你整天上淘宝，买这买那，全刷我的信用卡，我说过什么吗？你品位高，还不是钱堆出来的，没有我，你哪来的品位？见鬼，我到底作了什么孽，上天要惩罚我？林涛说到后面，抓住朱丽肩膀，整个人覆盖朱丽，仿佛要将她压扁。

朱丽从没见过林涛这样，她感到恐惧，她说，我……

林涛说，我什么？

朱丽说，我只是想把孩子生下来。

林涛说，你比石头还顽固。

朱丽说，还有，爸妈也想让我生下来。

她千不该万不该这时候提起爸妈。她说爸妈指的是公婆，说自己父母时，她会加上定语，我爸我妈。这微小的区别，体现出她与这个家族融为一体。她提爸妈也不是一时心血来潮，或者口误，而是计划的一部分。如可可说的，折磨他。她完全忽略了他的情绪已经失控。林涛看上去冷静了下来，这是假象。

爸妈？你给爸妈说了？

朱丽点头，我想让他们高兴高兴。

你……谁让你说的？

你答应让我生下来，我才说的。

你总是把爸妈搅和进来，可真行。

朱丽知道他说这话的潜台词是什么，上次处理他和筱筱同居那事，爸妈就站在朱丽这边，给他很大压力。他认为现在她又来这手。她要为自己辩解，她说，上次不是我告诉爸妈的，你别冤枉我。林涛说，难道是我告诉爸妈，我在外面有女人了？朱丽希望不再提这件事。林涛说你嘴上不提，心里不定提多少遍，这是我的把柄，捏在你手里，你能不提吗？朱丽说，过去就过去了，我没再提过。林涛说，你是没再提过，但这并不等于你忘了。

朱丽说，林涛，你别太过分好不好？我没揭你的短，也希望你自己尊重自己。

林涛说，嗬，说得真好听，你多伟大，多包容，真是贤妻良母。

朱丽站起来，她想摆脱这种被压制的境遇，她说，你今天回来干吗？就是为了和我吵架吗？

我没想和你吵架。

你提那事什么意思？你出轨，我把你拉回来，你心有不甘，是吧？

我没什么不甘，我心甘情愿回来，拜你所赐，我在父母眼中成了混蛋。他语带嘲讽地说，我没想到，你还愿意收留我，还愿意和我过下去，还愿意使这个家保持完整，你真了不起。

朱丽说，我知道你现在发达了，有钱了，有小姑娘往你身上扑……我，你早就厌倦了，可我还缠着你，不给你自由……

林涛故意跛着踱步，像个瘸子。这是在提醒朱丽，你要记住，我当初为你跳过楼，而你，当初做了什么？你和别人私通，还要私奔。尽管朱丽一次次纠正他，不是私奔，她是要正大光明地和他离婚，嫁给那个加拿大人，但林涛仍然咬定是私奔。为保住婚姻，他跳楼，把腿摔瘸了。这件事发生在十五年前，那时他们刚结婚三年。她遇上加拿大人迈克，她燃烧起来，爱得死去活来。她决定离婚，嫁给迈克。林涛不同意离婚。他原谅她的出轨，只求她回归家庭。他以死相威胁，并且真的从二楼跳了下去。那时他们住二楼。林涛很幸运，没摔死，也没摔残，只是跛了一段时间。她不想出人命，于是离开了迈克。那时候，她是可怜林涛。她没想到许多年后，这成了她的把柄和软肋。十五年来，社会变化天翻地覆，他们家里变化也是天翻地覆。林涛成了老板，开始报复她。他报复的方式是一次次出轨，这她早知道，只是睁一只眼闭一只眼。直到她发现林涛背着她为情人买房子，她才绝地反击。她做得很漂亮，将公公婆婆拉到她这边，让他们逼着林涛与情人断绝关系，把那套房子卖了，钱拿回来。朱丽只是想将林涛一军，她没想到林涛真做得出来：把情人赶走，把房子卖了。在这件事上，她佩服林涛的情人，真是个有种的女人。她倒是有些瞧不上林涛，给人家买了房子，还能无耻地要回来。

朱丽说，又来了，你能不能不这样走路？

林涛说，这样走路怎么了？我让你难堪了吗？

这事已经过去十五年了，能不能不提？

可以不提，可以不提，干吗要提？不过，那是你的光辉篇章，为什么不提呢？

我不想提。

你差点要了我的命。

为了把我留住，你竟然跳楼。

我很可笑是吧？林涛冷笑道，为了保住婚姻，竟然跳楼……竟然！

你把我感动了，我以为你爱我。

难道不是吗？

那不是爱，是占有！朱丽说，你以为你爱我，其实那不是，你很清楚。

林涛哈哈大笑：你给我上了一课，让我知道什么是爱，什么是占有。他突然挥手给朱丽一耳光。那么，这是什么？

朱丽捂住脸，看着林涛。这一耳光来得如此突然，她猝不及防。

林涛叫道，这是什么？

你……你打我？朱丽愤怒地瞪着他。

林涛如同从梦游中醒过来一般，对自己的行为感到惊讶，我……打你？

你打我！

林涛看着自己的手：我打你，我打了你，我怎么会打你？我爱你，媳妇。他上去搂抱朱丽，被朱丽推开。

朱丽歇斯底里：别碰我！

两个人都愣了，空气凝固起来。这是他们都没想到的局面，他们不知道该如何处理。朱丽骂自己，演，演，演，这下好了，自取其辱。她旋即又想，怕什么，没啥大不了。林涛想，惹祸了，这可不是他想要的，必须想办法挽回。他说，我错了，媳妇，我不是故意的。朱丽让他走：走，别回来，我不要见到你！

林涛给朱丽跪下：媳妇，我错了，我不该对你动手。他左右开弓打自己耳光，打得响亮。

朱丽上去拉住他的手：好了，够啦！他又抓住朱丽的手打自己，朱丽挣脱。他抱住朱丽的腿：媳妇，我爱你，我是因为爱你才打你的。这他妈什么逻辑。林涛说，你是我最爱的人，我可以为你去死，就像十五年前那样。媳妇，我爱你。他总是叫她媳妇，朱丽很反感这个称呼，但不屑于纠正。她知道他的小心眼。

风波终究要平息，两个人都不想将关系弄崩，真到了无法收拾的地步对谁都不好。再者，他们都没忘这次交流或交锋的主旨，那就是如何处置朱丽肚子里的那个"小蝌蚪"。也许筋疲力尽，也许水到渠成，他们最后达成协议，朱丽同意流产，林涛答应给她换个车，把QQ换成宝马。真是皆大欢喜。

五

几天后，朱丽在可可陪同下去医院做了流产手术。如今，这样的手术很简单，门诊就能做，做完即可回家。朱丽请了假，她可以休息几天。她没让公婆知道。之前，她说公婆支持她生孩子，是骗林涛的，她根本没和公婆说她怀孕的事。

从医院出来，经过花店，朱丽看到那个扎马尾辫的卖花女孩，便走进去。可可跟着进去。女孩认出朱丽，冲她甜甜一笑，说声来啦。这是个温暖时刻。朱丽感到心情舒畅。女孩问她要什么花，她说康乃馨。女孩很认真地为她挑选花。其实，根本不用挑，每一枝都漂亮。但女孩要优中选优，好像只有这样才对得起她这个买花人。上次她走后，女孩很后悔一件事，那就是没有夸她漂亮，也没有夸她气质好。女孩嘴很甜，对一般的顾客都要夸两句。那天女孩不开心，不愿说话，便没有夸她。她走后，女孩有些懊悔。现在，机会来了。女孩说，您真美。朱丽微微一笑，谢谢！女孩说，您气质也好。她又说了谢谢。女孩补充说，我说的是心里话。朱丽说，你知道我很羡慕你吗？女孩吃了一惊：羡慕我，不会吧？我有什么好羡慕的。朱丽说，以后你会懂的。女孩害羞了。她问多少钱，女孩报了价钱，给她打七折。她说，这样做生意你会亏本的。女孩说，您是回头客，应该的。

抱着花束出来，一个少年骑着自行车风一般过去，朱丽愣住了。她站那儿看着少年远去。可可说，认识？朱丽摇摇头，她说，奇怪，上次买花我看到过他。可可说，这有啥奇怪的，只是一个小小的巧合罢了。朱丽说，是。背后，花店的女孩看着朱丽的背影，心想：她为什么要羡慕我？

可可很开心。闺密旗开得胜，她能不开心吗？朱丽真是个好演员。说来说去，还是她导演得好。没有她的指导，朱丽未必能演好。现在，闺密之间，她占上风。想到这里，她有点小得意。她问朱丽感觉如何，朱丽说怪怪的。为什么觉得怪怪的，朱丽说不上来。她要请朱丽吃火锅，朱丽说算了，还是回家吧。

好，回家，你歇着我来做。

回到家，朱丽将花瓶中半枯萎的百合换下，插上新鲜的康乃馨。

可可不让朱丽动手，她下厨做饭。朱丽倚着门框，看她忙碌。可可说，你不给林涛报告一下吗？朱丽说不急。等着他给你换车吗？那倒不是。他言而有信吗？当然。可可笑一下。你笑什么？没什么。

我不知怎么搞的，演着演着忘了是在演戏，朱丽说，真有点舍不得这个孩子，毕竟孩子是无辜的……

说明你演得炉火纯青，可可说，演员要是都像你这么入戏，戏咋能演不好呢？

你说，我现在是不是变成尿包了？

没有啊，旗开得胜，物质精神双丰收，地位不降反升，高手啊。

十几年前我可不这样，那时爱起来不顾一切，坦坦荡荡，哪像现在偷偷摸摸，像做贼一样。

三十年河东，三十年河西，那时的你，大学刚毕业，校花，工作好，万人迷。他呢？中专毕业，穷酸一个，除了长得帅，有什么？真不知你是怎么看上他的。大概你结婚后也后悔了，要不怎么会和加拿大人搞到一起，还要移民加拿大。那时，你高高在上，你是主导者。他……也真够绝的，跳楼，一跳成功，治住了你。

我被感动了。

其实是被要挟了。

你一开始就不喜欢他。

能为你跳楼的人，也能干出别的事，极端的事。

你对他有偏见。

但愿是偏见。我承认我不喜欢他。没有理由，就是不喜欢。我们多年不联系，就是为这。我不想见他。

我还以为你对我有什么误会。

没有，她说，我就是不想见他，我宁愿见一条……

她还是不想告诉朱丽林涛摸她屁股的事。

朱丽说，现在的林涛和过去不可同日而语。

那还不是你调教得好。可可说，没有你的支持，他会有今天？我真佩服你，愣是把一个穷小子培养成成功人士。

他有能力，只是起点低罢了，你不该看不起他。

我哪敢，人家现在是老板，我敢看不起！

哪天我们一起吃个饭，你会改变对他的看法。

得，饶了我吧。

你不了解他……

饭好了，我们吃饭吧，可可说，要不要喝点红酒？朱丽说，要。可可知道红酒在哪儿，她去打开红酒，为两人各倒一杯。

可可端起酒杯说，亲爱的，噩梦过去了，太阳出来，阳光灿烂，一切都是新的，多好啊！再说了，你还赚了一辆新车，那可是宝马啊。

朱丽说，我没想换车。

可可说，你早该换了，老公赚那么多钱，你开个 QQ，那不是给他丢人吗？来，为成功庆贺一下。

二人碰杯。

可可说，现在，我看你是被他拿住了，偷个腥看看吓成啥样，小命都快没了。

此一时，彼一时。

那时你高高在上；现在，你低到尘埃中了。可可说，他敢对你说他离不开那个女人，搁过去他敢吗？

今非昔比。

我看你是越来越窝囊了，我得好好考虑考虑，还要不要和你继续做朋友。

你说什么？

我不想看到你这样！

我不这样又能怎样，你以为我想这样啊！不，我也看不起我自己。朱丽说，我原来多骄傲的一个人，我可以整个世界都不要，只要爱情。可是，岁月，日子，点点滴滴的时光，像看不见的磨，把我的美丽和尊严都磨碎了，磨没了。我成了生活的俘虏。我空虚，我无聊，我找不到生活的意义。我和林涛，我们之间早就没有爱情，或者从一开始就没有爱情。我们只是……在一起。对，在一起。他妈的，你看我找到了一个多么准确的词。我将他培养成一个成功的老板。在外人看来我们生活美满、家庭和睦、人见人羡。可他妈的，鞋合不合脚只有自己知道。张爱玲是怎么说的，"人生是一袭华美的袍，里面爬满了虱子"。人生如此，婚姻更是如此！她越说越激动，爱情，该说说爱情了。你还相信爱情吗？你以为是爱情的，到头来，只是性。只是性而已。爱情，狗屁！你知道我怀的是谁的孩子吗？你没问，也许你已经猜到了。薛勇。是的，薛勇。他知道我怀孕，给我打了两万块钱。你看，这就是现实。她苦笑着说，老公给我车，情人给我钱……多划算啊，可是，我他妈的却一点也高兴不起来……

六

朱丽做了一个梦。梦是这样的——

朱丽拿起花瓶中枯萎的花，看了看，准备扔掉。该买花了，她想。这时，林涛怒气冲冲进来，手里拿着诊断证明，将证明举到朱丽面前。

认识这个吗？

朱丽看到他拿的是第一次的诊断证明，可可让她撕了，她要留作纪念的那张。她如遭雷击，僵住了。

能给个解释吗？

朱丽没法解释。

一个解释，一个解释，给我一个解释！林涛暴怒，他吼道，我要一个解释！

朱丽委顿下来，枯萎的花掉落在地。

说说你是怎么欺骗我的。呵呵，竟然想出了"排卵期出血"。不错，排卵期出血，度娘也说有这种现象。聪明，真聪明！我真佩服你啊，老婆，你越来越了不起了。不过，你是怎么想到的？真是处心积虑啊！

朱丽说不出话，也无话可说。

林涛看着朱丽：知道你错在哪儿吗？你把我当成了大傻瓜、大笨蛋、大白痴。好像我脑子进水了，或者我根本就没有脑子，我他妈的什么也不懂，是个白痴，不会思考，不会怀疑，不会求证，你说什么就是什么。你做得天衣无缝，神不知鬼不觉，了无痕迹。真的天衣无缝吗？真的神不知鬼不觉吗？真的了无痕迹吗？哼，亏你和我一起生活这么多年，对我一点儿也不了解。嘿，你的眼睛长在头顶上吗？你看不到我吗？是不是漠视我的存在？

他抓住朱丽的头发，迫使朱丽看着他。

他说，看着我！你害怕了吗？你以为你是谁，还是过去那个校花吗？你还是吗？

朱丽哀求：放开我。

告诉我，你怀的是谁的种？

对不起。

别说对不起，你告诉我哪来的野种，嗯？

对不起对不起对不起……

林涛说，别他妈对不起对不起对不起，告诉我哪来的野种，谁使你怀孕的，说呀！你不记得吗？不知道是谁干的吗？一夜情吗？谁也不问对方姓名，到宾馆就干，干完提上裤子走人，谁也不用负责，是这样吗？还是……你不是和一个人干，而是和这么多人，所以你不知道是谁？这需要做 DNA，不做 DNA 不知道谁的种。科学，这时候就需要相信科学了。他上去用力摇晃朱丽：说呀，是不是被我说对了，你就是这样的人，破鞋、婊子、小姐、妓女、夜莺、窑姐儿、人尽可夫、公共汽车、公共厕所……

朱丽歇斯底里尖叫一声，吓林涛一跳。

够了，别说啦——

林涛退后一步：嗬，脾气还不小，我说得不对吗？

对，完全对！我就是这样的人，婊子、窑姐儿、破鞋、人尽可夫、公共厕所，谁想上谁上……你满意了吧？

这可是你说的。

我说的！

真够贱！

对，贱，贱极了！

贱到家了。

是，贱到家了！

真是不要脸。

是，不要脸！

你……我怎么会娶了你这个烂货！

你当初为留住我，可是跳过楼的。

我鬼迷心窍！

你后悔了？

早就后悔了。你为什么不滚出这个家？我已经和别的女人好上了，你干吗还赖着不走？

朱丽说，你能挣钱，我干吗要走？我到哪儿再找一个这么能挣钱的老公？你能在外面鬼混，我也能。咱们扯平了，谁也不用说谁。

扯平？扯不平！林涛说，我跳过楼，你跳过吗？

你要我跳楼吗？

你跳楼，咱们就扯平，否则，别想扯平。

我不会跳楼。

你不是要扯平吗？

我认为已经扯平了。

那是你认为！

对，是我认为。

不是我认为！

不是你认为。

我该怎么惩罚你呢？

随便，我接受所有的惩罚。

死猪不怕开水烫啊。林涛说，好吧，来把我皮鞋擦干净。他坐到沙发上，跷起二郎腿。朱丽拿出鞋油、刷子和擦鞋布，蹲下给他擦皮鞋，并打得锃亮。

要能照见人影。

朱丽用力擦。

舔！

朱丽愣了。

舔！听不懂汉字吗？用舌头，舔！

朱丽愤而扔掉擦鞋工具说，你别太过分！

林涛打个响指，筱筱出现。筱筱妖娆暴露，颇具侵犯性。她嗲声嗲气：亲爱的，叫我干吗？

林涛说，帮我把皮鞋舔干净。

筱筱看一眼朱丽，撒娇道：你坏，干吗不让这个贱人舔？

林涛说，我信不过她。

筱筱朝朱丽撇撇嘴，大幅度地舔鞋。朱丽想，怪不得林涛喜欢这个小妖精，原来她做不到的，这个小妖精能做到。筱筱把鞋舔干净后，坐到林涛怀里，与林涛亲吻。她连口都没漱。哎哟，这对狗男女可真是什么都做得出来。

朱丽看不下去，转过身，心里说，太不像话了，这成何体统。

林涛说，筱筱，你去把她的心挖出来，我看看是什么颜色。

朱丽十分震惊，他们竟然要挖她的心，这不是要杀人吗？筱筱过去挖朱丽的心。筱筱的手让她想到《射雕英雄传》中的九阴白骨爪，指甲又长又尖锋利如刀，她吓得往后退缩，想找地方躲起来。筱筱哪容她逃脱，手掌疾如闪电般地插入她的胸膛，但很快又将手抽出来。疼吗？朱丽没感觉到，她只感到惊诧。

筱筱说，她没有心，她那儿是空的。

林涛说，空的？

筱筱说，空的！

林涛大笑：哈哈哈哈，听到没有，贱人，你没有心，没有心，你是一个空心人，空心人！哈哈，空心人！

朱丽非常惊恐，她感到身体里出现一个巨大的空洞。

朱丽说，我没有心？我真的没有心吗？我……是的，我没有心，没有心。如果我有心，我怎么会忍受这样的现实，我怎么会！

林涛和筱筱围着她转，像看一个怪物。

朱丽说，我没有心还活着，多么奇怪啊。可可，救我——

她倒下。

可可出现，穿着那件黄裙子，这种行为本身即是冒犯，对她品位的冒犯。她走到朱丽跟前。林涛和筱筱围过来。

朱朱，你怎么啦？可可说。

我的心没了。

不会吧，让我摸摸。可可将手伸入朱丽的胸腔，什么也没摸到。这怎么可能，空的！朱朱，你的心呢？

我不知道。

何时发现的？

刚才。

林涛大笑：空心人，哈哈，空心人！

筱筱也说，空心人！

可可抓住林涛的衣襟，逼问他：你对她做了什么？她怎么会成为这个样子？

我什么也没做。

你这是犯罪，你知不知道！

林涛甩开可可：少给我来这一套！你是什么货色，以为我不知道。没有你，她会变成现在这个样子吗！你什么人，自己不清楚吗！

我什么人？

要我说吗？物以类聚，人以群分，她什么样，你就什么样！

她什么样？

烂货、破鞋、婊子、窑姐儿、公共厕所！

你这样说你老婆？

我现在说的是你！

可可给林涛一个响亮的耳光：你这个渣男、垃圾、畜生、屎！你勾引我时，我怎么对你说的？我说，我他妈就是让全世界的男人上，也不让你上。

林涛皮笑肉不笑：你敢打我？

打你了，怎么着？

林涛把第一次的诊断证明亮出来，在朱丽面前晃一下：知道这个诊断证明哪儿来的吗？你闺密交给我的，她出卖你！

可可说，那不是我干的！你别听他的，不是我……

筱筱说，就是她干的！

可可说，林涛，我们说好演戏的……

林涛说，这不是演戏吗？我们难道不是在演戏吗？

你欺骗我。

这出戏的主题是什么？不就是欺骗吗！

朱丽爬起来，神情恍惚，喃喃自语：欺骗，欺骗……

林涛说，没有欺骗，生活如何能够忍受。

筱筱说，没有欺骗，我们怎么活。

可可说，朱朱，我欺骗你，是因为我不想伤害你，我是善意的。

朱丽神情恍惚，喃喃自语：欺骗，欺骗……她拨开他们，朝窗子走去。

朱朱，你要干吗？可可说。

跳楼，我要跳楼。

可可要去拦挡，林涛抱住她说，只是跳楼而已。

筱筱说，让她跳吧，一跳解千愁。

朱丽转过身，将每个人打量一遍，没有人伸手挽留她，林涛没有，筱筱没有，可可也没能。她难掩对可可的失望。她心里说，别人要我死，是有所图的。你呢？我死对你有什么好处？你失去了一个闺密，以后你会孤独的。她有些可怜可可，好傻，你站到了他们一边。世间事就是这么难以理解。一切都是谜。我为什么没有心呢？没有心怎么活？她推开窗户，一跃而下。

她从噩梦中醒来，坐在沙发上，半天缓不过来神。她摸摸自己的胸口，没有空洞，手也伸不进去。她想感受自己的心跳，可是由胸腔包着，她感受不到。她将手指搭在手腕上，像中医号脉那样，哦，脉在跳，这说明心脏在跳……

怎么会做这样一个梦？她弄不明白，她对弗洛伊德的理论一知半解，无法解析自己的梦。梦中可可为什么那么冷漠？她对可可有所怀疑吗？不，她没有。她宁愿怀疑整个世界，也不愿怀疑闺密。筱筱，那个女人她并不了解，她爱林涛吗？还是被林涛骗了？她能让林涛把给她买的房子卖了，钱拿走，说明她是一个大气的女人，她看重的不是钱。或者，他们之间还有别的秘密，她不得而知。林涛，这个和她一起生活了这么多年的男人，他们之间爱情已经荡然无存，那么，还有感情吗？她不确定。

她想打电话和可可聊聊，调出号码后，犹豫一下，却没拨出。放下手机，她走到窗口，看向外面。暮色苍茫，放学的孩子正在回家。一个中年男人牵着三头大狗，孩子们都绕着狗走。一个烫着爆炸头、穿着左右不对称的牛仔裤的女人昂首阔步地走着。一个少年骑着自行车飞驰而过……

朱丽的欺骗（五幕话剧）

人物

朱丽——40 岁的女人，闺密叫她朱朱。

可可——38 岁的女人，朱丽的闺密。

林涛——40 岁的男人，朱丽的丈夫。

筱筱——25 岁的女人，林涛的情人。

第一幕　策划

【起居室。一个很有情调的客厅，布艺沙发，现代感很强的茶几，茶几中间摆放一个大花瓶，花瓶里插一大束半枯萎的鲜花。木地板上铺有一块高档地毯。墙上挂一幅凡·高《向日葵》的复制品，不是印刷品，是来自大芬村的行画。门在左侧。

【朱丽怀抱一大束带露水的鲜花进屋，换下花瓶中的花，将换下的花随意丢进垃圾桶。她端详新换上的鲜花，还算满意。

【她脱下外套，身材凹凸有致。她从外套口袋里掏出一张化验单，看一眼。"三十五天，妈的，可真够准的。"她又将化验单装回口袋。

【她看看表，摆弄摆弄鲜花，显然在等人。

【敲门声响起。

朱　丽　来了。

【朱丽打开门，可可拎着一个购物袋上，风风火火进屋。

【可可打量朱丽一番，确定她没什么事，放松下来，将购物袋扔沙发上。

可　可　亲，你吓死我了！

什么事？

我看什么事也没有。

你说出事了，吓得我这小心脏扑通扑通……你看，现在还在跳。

【抓起朱丽的手放到胸口上，让她感受。

【朱丽并没认真感受，很快将手拿开。

朱　丽　嗯，还在跳。

　　　　你买的什么，快拿出来我看看。

可　可　一条裙子，我是从商场过来的。

　　　　你吓死我了。

　　　　你说出事了，什么事？

朱　丽　我看看，什么裙子？

可　可　你帮我参谋参谋，不合适我拿去退。

　　　　【朱丽对自己的品位很自信，关键是可可也信任她的品位。可可是个自我意识很强的人，她曾想对抗朱丽的品位，尝试几次之后，不得不承认这方面朱丽就是比她高明，朱丽更懂衣服和搭配。从此以后，可可买衣服总是征求朱丽的意见，朱丽也乐意为其参谋。这次可可买衣服没征求朱丽意见，自己心虚。朱丽心里不爽，但并不在意。再说了，她现在也没心情与可可在品位上暗中较劲。

　　　　【朱丽从购物袋内掏出一件黄色连衣裙，抖开，瞪大眼睛看着可可。

可　可　怎么了？

朱　丽　这颜色真够响亮的。

可　可　（自嘲）像吹响的小号？

朱　丽　（搞不清是赞美还是嘲讽）比喻真妙。

可　可　你不是说关键看搭配嘛。

朱　丽　没错。不过——

可　可　卖衣服的姑娘说穿上年轻十岁。

朱　丽　也许换个说法更恰当。

可　可　什么说法？

朱　丽　年轻十岁穿上……

可　可　你是说我不适合穿这么亮的裙子？

朱　丽　年轻十岁，穿上光彩夺目。

可　可　现在呢？

朱　丽　穿上年轻十岁。

　　　　那姑娘说得没错。

可　可　我穿上，你帮我看看，不合适我就退。

　　　　【可可进到房间里换上裙子，走出来看到朱丽的表情，她已经知道什么效果了，不自觉地有些懊恼。更让她郁闷的是朱丽又一次打击了她的品位。

　　　　嘻，别说！

　　　　【可可自己也不能忍受这件裙子，她迅速进房间将裙子换下，塞进购物袋里，舒了一口气，总算摆脱了。

　　　　你是对的。

　　　　那会儿我忘了自己的年龄，那姑娘恭维我两句，我就昏了头，以为自己只有三十岁。

穿上这个裙子再年轻十岁，我就成了二十岁的小姑娘。

（自嘲）店里柔和的光一照，镜子里，你别说，我真看到了二十年前的我。

【可可注意到茶几上的鲜花，嗅了嗅。

真香！

【她一屁股坐到沙发上，很高兴可以转移话题了。

说说吧，什么事？

【朱丽给可可泡一杯茶，放到她面前。

朱　丽　雨前龙井，尝尝。

可　可　热。

说说，出什么事了？

【停顿。

你打电话，不会只是叫我来喝茶吧？

【朱丽转了一圈。

朱　丽　好好看看，你没看出来吗？

【可可绕着朱丽打量她的身材。

可　可　炫耀身段吗？我又不是男人，你勾引不了我。

朱　丽　再看看。

可　可　我要是男人，会被你迷死，可惜啊，我不是。

朱　丽　想什么呢！真没看出来？

可　可　衣服不错，既性感，又不张扬，你一贯风格。

朱　丽　不是衣服。

可　可　那是什么？让我看什么？

朱　丽　（无奈的语调）我——有了。

　　　　【可可大吃一惊，站起来，重新打量朱丽，还抚摸朱丽的
　　　　肚子。

可　可　怀孕了，不会吧？

　　　　看不出来，一点儿也看不出来。

　　　　多长时间？

　　　　你可真沉得住气，连我也不说，你还当我是闺密吗？

　　　　【朱丽从外衣口袋里将化验单掏出来给可可看。

　　　　【可可看化验单。

　　　　怀孕三十五天，这怎么看得出来？

　　　　什么时候化验的，今天吗？

朱　丽　就是今天。

　　　　这个月大姨妈老不来，我就想，糟了，要倒霉了，别他
　　　　妈是怀孕了。

　　　　真是怕处有鬼，一查，还真是的。

　　　　我就给你打电话，你是第一个知道的。

可　可　这就对了，就应该第一时间告诉我。

　　　　这是好事啊，应该祝贺！

这个年龄，怀孕可不是一件容易的事。

了不起，你太了不起啦！

从今儿开始，你什么也别干，都交给我，我来干，你只管歇着。

想吃什么，我给你买，我给你做，叫外卖也行。

想吃辣，还是想吃酸，有没有妊娠反应？

【可可的话多少有些言不由衷，她知道朱丽不想要孩子，朱丽给她打电话说出事了，意思还不够明显吗？但她觉得必须这样说，这样说才政治正确，进退自如。同时，她又暗暗得意，朱丽在品位上压她一头，但在这类事情的处理上，朱丽却是个白痴，有求于她。

【朱丽摇头。

朱　丽　我哪有那么娇气，四十岁的人了。

可　可　正是大龄，才要娇气。

年轻啥都好说，驴踢马跳也没事。

这个年龄怀孕，就得小心了。

我有个同事，比你还小一岁，怀孕了，哎哟，那比大熊猫还娇贵，走路都怕掉了，打个喷嚏都恨不得再到医院检查一遍，看掉了没有，啧啧。

朱　丽　真这么容易掉就好了，那我走路就蹦着走，一天立定跳远一百次，再打一百个喷嚏，哪怕翻跟头也行，一天再翻一百个跟头，只要……

可　可　喂，喂，我怎么听着不对劲，

朱朱，你难道不想要这个孩子？

朱　丽　不想要，一点儿也不想要。

我这个年龄，再弄个小婴儿，天天叽哇叽哇哭，又是屎又是尿的，你说我能受得了吗？烦也烦死了。

可　可　你知道多少人想要还要不上呢，你可倒好，怀了还不想要。

朱　丽　我，你还不知道吗，我是那种为了孩子放弃自我的人吗？

我要先为自己活着，对得起自己再说。

可可，我不是生育机器，没必要再为社会造一个人。

可　可　没怀上也就算了，怀上就生了吧。

肯定是个漂亮的宝宝。

朱　丽　不，决不。

可　可　这可是一个小生命啊。

就像一粒种子，已经在土里发芽了。

朱　丽　还没拱出地面，就不必要出来遭受风吹日晒雨淋了。

如果知道外边有多可怕，你说，他还愿意出来吗？

愿意才怪哩。

可　可　你决定不要了？

朱　丽　决定不要了。

可　可　不会反悔？

朱　丽　决不反悔！

【可可松了口气，将化验单还给朱丽，朱丽又放回口袋
里。

可　可　唉，不要了好，不要了好。

说句实话，弄个婴儿，你的生活就全毁了，差不多你的
一生就完了。

快活到头了。

旅游别想了。

找你喝个茶你恐怕都没时间。

朱　丽　你真是个变色龙，来回都由你说。

说"要"也是你，说"不要"也是你，你到底是让我
要，还是不要？

可　可　（假装正经）朱朱，这事不开玩笑，要或不要，都是你做
决定，我可不担这个责任。

我要说了，哪一天你后悔了，还不把我骂死。

朱　丽　（半开玩笑）你还是闺密吗，把自己择那么清？

告诉你吧，我永远不会后悔！

你该咋说就咋说，我啥事都不会赖到你头上。

【停顿。

可　可　（为自己辩解）本来就是你拿主意嘛。

【朱丽若有所思。

想什么呢？

朱　丽　（喃喃自语）我……

【她打住不说了。

可　可　你也会吞吞吐吐？

（停顿）这可少见。

【朱丽坐到沙发一角，似乎不舒服。

你怎么了？妊娠反应吗？

【朱丽摇头。

要不要看医生？

【朱丽摇头。

【停顿。

朱　丽　你说，我会不会完蛋？

可　可　你会不会完蛋？

朱　丽　我会不会完蛋？

可　可　你这话什么意思？

（嘲笑）不就怀孕嘛，多大个事儿，看把你吓的。

朱朱，这是二十一世纪的中国，你又没有宗教信仰，流产算什么。

计划生育，你知道每天要计划掉多少胎儿吗？

再说了，现在还说不上是胎儿，甚至连个小蝌蚪大都没有。

你权当一个小蝌蚪在这儿停了一下，又游走了。

就这样，没那么可怕。

朱　丽　能不能药物流产，我这个年龄？

可　可　应该能吧。

我认识一妇科主任，我帮你问问。

【她掏出手机。

朱　丽　别说我名字。

可　可　知道。

【可可拨号。

朱　丽　等等。

【可可看着朱丽。

你准备怎么说？

可　可　还要打个草稿吗？

我就问，四十岁，药流可以吗，嗯？

朱　丽　时间？

可　可　什么时间？

单子上不写着吗？孕期三十五天。

哦，你是问什么时间药流合适？

我知道了。

朱　丽　好吧，好吧。

【可可拨通电话，不自觉地起来往窗边走，朱丽紧张地看着她。

可　可　喂——

　　　　唐蒙，我是可可……

　　　　别挂别挂，我就问一个小问题，一句话……

　　　　四十岁的女人怀孕了，能不能药物流产……

　　　　嗯……

　　　　嗯……

　　　　好，我知道了……

　　　　好的，你忙吧，有事我给你微信……

　　　　OK，拜。

朱　丽　能吗？

可　可　能，但不是每个都成功。

朱　丽　（突然声音变得尖厉，吓可可一跳。）不成功会死吗？

可　可　不会吧。

　　　　只是流不干净，需要刮宫。

朱　丽　（无比沮丧）那就糟了，全败露了。

可　可　什么败露了？

　　　　【停顿。

　　　　不能说吗？

朱　丽　你能猜到。

可　可　你是说——

　　　　　【停顿。

朱　丽　是的。

可　可　不是林涛的?

朱　丽　时间不对。

　　　　我和林涛……

　　　　是在安全期，不可能。

可　可　你又——

朱　丽　那是一周后的事，我和情人。

　　　　这次危险。

　　　　我知道危险，心存侥幸。

　　　　想着这么大年纪，哪那么容易怀孕。

　　　　妈的，邪了，一枪命中。

　　　　【她哭笑不得，当说粗话的时候，她仿佛在报复无奈的生活。

　　　　【可可也笑起来。

可　可　（讽刺）他可真厉害!

　　　　【停顿。

朱　丽　是厉害，妈的，把老娘害苦了。

可　可　你太大意了。

朱　丽　谁说不是呢。

我昏了头，要赌一把。

你说这事能赌吗？我在和谁赌？

和上帝吗？

和命运吗？

不输才怪，不输才怪哩。

活该，我活该！

这是我自找的，完全是我自找的。

其实，事后还可以吃毓婷，我就是不愿意。

我等着。

提心吊胆。

结果就等来了。

你说，我不是自找的是什么？

（停顿）可可，你说我会死吗？

可　可　天啊，你怎么会有这种想法，你发烧吗？

【她去摸朱丽额头，朱丽摇头。

朱　丽　我不是说胡话。

我是说真的。

这事……只能悄悄做，没法请假，也不能让他知道。

还有公公婆婆也不能让知道。

我得咬牙坚持，还得上课，还得洗衣做饭，还得让
他……那个。

我的身体又不是很好，落下病根，一来二去，一来二去，我岂不完蛋了。

【可可完全被朱丽的话感染了，仿佛看到闺密正在死去，不由得黯然神伤，几乎落泪。

可　可　真可怜，真可怜。

【静场。

【朱丽反过来安慰可可，好像可可正在经历不幸。

朱　丽　好了，没事，都会过去的。

【手机响铃，朱丽看一下来电显示，是老公。

【她马上换了一个人似的，声音也变得甜美。

朱　丽　老公，今天怎么有空给我打电话了……

我才不信你想我了……

是的，是我刷的卡……

买的啥，你要把关吗……

女人用的东西，还不是为了讨好你，女为悦己者容，都是为了给你看……

我没花多，你说过两千以内不过问的……

两千零一？

噢，两千零一，他们真不会做生意……

我知道了，没有一样东西是瞎买的……

【朱丽打电话的时候，可可在与妇科主任微信。

【朱丽挂断电话，抱怨。

朱　丽　他关心的永远是钱。

可　可　你真会演戏。

朱　丽　男人吃这一套。

可　可　我有一个办法，可以让你光明正大地去做。

朱　丽　（还没从和老公的通话中回过神来，有些恍惚）做什么？

可　可　人流啊，我们刚才正说的话题。

朱　丽　（回过神来）哦——

可　可　身体最重要，你要光明正大地做。

　　　　该请假请假，

　　　　该休息休息，

　　　　该不让他那个就不让他那个。

朱　丽　我也想光明正大，可是……

可　可　不用担心，唐蒙答应帮忙，有她在，怕什么！

　　　　妇科主任还摆不平这事吗！

朱　丽　（看到了希望）亲爱的，我就靠你了。

可　可　（她为能帮到朱丽感到得意）我刚才和她微信了，我把
　　　　我们微信的内容读给你听听吧。

　　　　【朱丽凑过去，听可可读。可可有意模仿妇科主任的声
　　　　音，听上去很权威。之后，她读妇科主任的微信都是这
　　　　种腔调。

"她现在查出怀孕，就算一个月了。如果误差一两天可以，她这差半个月啊。"

我问她下个月给你老公说能混过去吗？

她说："过半个月说，有的能蒙混过去。"

接着，她又说："有点冒险。"

朱　丽　　我在网上查过，B 超一做就能发现孕期，混不过去。

可　可　　科技这么厉害。

朱　丽　　她还说什么？

可　可　　她说："除非她老公什么都不懂，也不问医生。"

朱　丽　　这怎么可能。

完了。

完了。

【停顿。

她有什么主意？

可　可　　她问你最近一次月经是几号，月经周期是多少天？

朱　丽　　上次来月经是 8 月 7 号，不对，8 月 6 号，是的，8 月 6号，没错。

6 号来的，9 号结束。

老公 10 号回来，我们就……那个了。

月经周期，最近几个月都是 25 天。

可　可　　她又问……

【她不好意思说，把微信给朱丽看。

【朱丽看后，转了一圈，拿定主意。

朱　丽　她是你朋友？

可　可　好朋友！

朱　丽　让她替我保密。

可　可　我没告诉她你是谁，我只说是一个好朋友，人特别好。

朱　丽　好吧。

　　　　你发微信，就说我和老公是 8 月 10 号，我和情人是 8 月

　　　　19 号。

【可可发出微信后，很快收到回复。

可　可　"日子记这么准确。"

朱　丽　哼——

可　可　"如此看来怀的是情人的。"

朱　丽　和我猜的一样，这可怎么办？

可　可　又有微信了。

　　　　她说："听说过排卵期出血吗？"

朱　丽　排卵期出血？

　　　　没听说过。

　　　　我问问度娘。

【朱丽百度搜索"排卵期出血"，两人同念。

　　　　在有规律的两次月经中期，即排卵期，由于排卵所致的

雌激素水平短暂下降，使部分女性的子宫内膜失去雌激素的支持，而出现子宫内膜脱落，引起有规律的阴道出血，称为排卵期出血。中医学称之为"经间期出血"。

【又有微信进来。

可　可　她说："只要把 8 月 6 日那次月经说成是排卵期出血，8 月 10 日那次爱爱就有可能怀孕。"

这样就能说成是你老公的，光明正大。

朱　丽　你以为他会信啊？

可　可　那就看你怎么表演了。

再说了，我们还有专家，怕什么。

朱　丽　孕期对不上啊。

可　可　是啊，我再问问，这可不能出差错。

【可可发微信，转眼，回复就来了。

"她老公是妇科专家啊？干吗那么做贼心虚。"

又一条，"下周，叫你朋友来一趟，我给她做个检查，再开个诊断证明。"

（问朱丽）你那个证明呢？

【朱丽掏出证明。

撕了吧，这个没用了，留着干吗？

【朱丽撕碎证明，扔进垃圾桶里。

朱　丽　我现在是生是死，都看你的了。

【落幕。

第二幕　排练

【同前景。

【朱丽怀抱鲜花同可可一同进门。她的第一件事是换掉瓶中枯萎的花。

【两个人从医院回来，可可兴致很高，朱丽也较为放松。

【可可将诊断证明放茶几上。

可　可　（刻意表功）我的朋友怎么样，够意思吧？

　　　　有了这份证明，你就立于不败之地了。

　　　　林涛即使怀疑，也说不出什么。

　　　　一切 OK。

朱　丽　不能让他怀疑，不能让他怀疑。

　　　　他要怀疑就麻烦了，他会去调查求证……

　　　　那我就死定了。

可　可　他不会怀疑的。

　　　　你这是做贼心虚。

朱　丽　如果他怀疑呢？

可　可　他不会怀疑。

朱　丽　你怎么知道他不会怀疑？

可　可　他干吗要怀疑？没事给自己戴绿帽子玩啊？

朱　丽　我觉得他会怀疑。

可　可　做贼心虚。

朱　丽　你不了解他。

可　可　你是自己吓自己。

　　　　【停顿。

　　　　这样可不行。

　　　　你这么没信心，他本来不怀疑，也要怀疑了。

朱　丽　我心里不踏实。

可　可　（揶揄她）你这么胆小，还敢偷腥。

朱　丽　我……

可　可　你是不是心中有愧？

朱　丽　有愧？

可　可　亲爱的，你只是不想身体受伤害，

　　　　健健康康的，老了还能照顾他。

　　　　这是为他好，干吗要自责？

　　　　你没必要这样。

朱　丽　做贼心虚。

　　　　【停顿。

可　可　他想要孩子吗？

朱　丽　不。

一个就够了，这是他说的。

　　　公公和婆婆倒是想要，他不想。

　　　他说他不喜欢孩子。

　　　干吗给自己找麻烦。

可　可　他态度坚决吗？

朱　丽　还行吧。

可　可　这就好办。

　　　男人都是蠢货，

　　　你只要反着来，他一定抓狂，

　　　他一抓狂，哪儿还有心思探究真相。

朱　丽　他不蠢。

可　可　这是比喻，不是说他真蠢。

朱　丽　怎么反着来？

可　可　你就说要把孩子生下来。

朱　丽　我要把孩子生下来？

可　可　对！你要把孩子生下来。

　　　你坚持，他反对。

　　　他反对，你坚持。

　　　你越坚持，他越反对。

　　　他越反对，你越坚持。

　　　这样一来，他的注意力集中在哪儿？

是不是在要不要孩子上？

（朱丽点头）他还会问孩子是不是他的？会吗？

朱　丽　应该不会。

可　可　绝对不会！

朱　丽　他知道我们是在安全期做的。

可　可　你们不是在安全期，是在排卵期！

朱　丽　做的时候，他问我要不要戴安全套，

　　　　我说不用，刚结束，没事的，是安全期。

可　可　妇科主任是怎么教你的？

朱　丽　排卵期出血。

可　可　你说你弄错了，是排卵期出血，你当成月经了。

朱　丽　我直接这样说吗？

可　可　那是此地无银三百两！

朱　丽　那怎么说？

可　可　不是说，是演！

　　　　要演出来。

朱　丽　演出来？

可　可　演出来！

朱　丽　我不是演员，我怕演不好。

可　可　演砸会怎样？

朱　丽　我死定了。

可　可　人在生死关头会爆发出巨大潜能，你行的。

朱　丽　我行？

可　可　你行！

朱　丽　我怕不行。

　　　　【停顿。

可　可　我来给你排练。

　　　　想象一下，你怎么告诉他你怀孕的事。

　　　　这是诊断证明，（她将证明交给朱丽）你要相信这是真的。

　　　　你就是这样怀孕的，是和林涛。

　　　　你没有和别人过，你没情人。

　　　　更没一夜情。

　　　　要理直气壮。

　　　　错不在你，错在排卵期出血……

　　　　【照着可可的灯光渐暗。

　　　　【舞台上只有一束强光照着朱丽，朱丽进入假定情景之中。

　　　　【她给林涛打电话。

朱　丽　老公，我有一个天大的好消息要告诉你……

　　　　你猜，你肯定能猜着。

　　　　【舞台上又一束强光照在林涛身上。他虽然在舞台上，但此时是假定情景，两个人不在同一空间。

【林涛牛仔裤的皮带已解开，白衬衣扣子全解开了，并从裤腰里拽出一半。给人的感觉是，他独自在宿舍准备脱衣睡觉。

林　涛　败家的娘们儿，什么天大的好消息？

　　　　你又在网上看中什么了？

　　　　我的卡都快被你刷爆了。

朱　丽　老公，不是，你再猜。

林　涛　你捡到钱了？

朱　丽　俗。

　　　　再猜。

林　涛　不会是晋职称了？

朱　丽　没有。

　　　　再猜。

林　涛　猜不着，快说吧，我还有事。

朱　丽　我……有了。

林　涛　什么？

朱　丽　我说我有了。

林　涛　有了？

　　　　有了什么？

　　　　不会是……

朱　丽　就是！

林　涛　你怀孕了？

朱　丽　嗯。

林　涛　怎么可能，不可能！

　　　　你开玩笑的，要不就是弄错了。

　　　　我们那一次是安全期，不可能，不可能。

　　　　你去医院检查了吗？

朱　丽　我刚从医院回来。

林　涛　（他的声音突然变得严肃冷漠）你认为安全期能怀孕吗？

　　　　你是不是把我当傻瓜了？

朱　丽　错了，那不是安全期。

林　涛　你亲口说的，（学她的腔调）"刚结束，没事的。"

　　　　你不会不记得吧？

朱　丽　我和你一样，不相信！

　　　　不可能，这怎么可能，我对医生说，这太荒唐了。

　　　　肯定是弄错了，我不是怀孕，而是长了什么。

　　　　医生很生气，说没错，你就是怀孕了。

　　　　"什么安全期，你听说过排卵期出血吗？"

　　　　我没听说过。

　　　　问度娘，还真有这么回事。

　　　　你也问问度娘，别那么阴阳怪气的。

我受不了，我……

【朱丽突然号啕大哭，极其委屈。

【林涛愕然。

林　涛　你哭什么？

【朱丽还是哭，什么也不说。

别哭了，亲爱的，我又没说什么。

我没有怀疑你，我只是不太相信。

刚百度一下，有排卵期出血。

这样，我们在一起的时候正是排卵期……

别哭了，宝贝。

对不起，是我不好，我不该怀疑你。

【朱丽还是哭。

【打在林涛身上的灯光渐暗。

【打在可可身上的灯光渐强。

【可可走到朱丽身旁，安慰朱丽。

可　可　你演得真好，很棒！

朱　丽　我不是演戏，我是控制不住自己。

我想哭一场，就想哭一场。

哭哭舒服多了。

可　可　完全入戏了，加油！

【打在可可身上的灯光渐暗。

【打在林涛身上的灯光渐强。这次他的衣衫不整，给人的感觉却是一场即将开始的性事被打断了。一个快脱光的年轻女人过来搂住他的脖子，他回头在嘴唇上竖起食指，不让她说话。年轻女人嘬嘴表示不满。随即离开林涛，进入黑暗中。

林　涛　亲爱的，你在听吗？

别哭了，你快把我的心哭碎了。

朱　丽　我……

我是高兴的。

我们又要有孩子啦。

现在政策允许，我也有精力，

还有，爸妈一定非常高兴，他们会帮我们带孩子……

我们已经有儿子了，我想要个女儿，

也不知能不能如愿……

林　涛　亲爱的，你不会是真想生下来吧？

朱　丽　为什么不生下来？

你知道这个年龄怀孕有多难吗？

这是上天赐给我们的孩子，没理由不生下来。

林　涛　你要生下来，我们的生活就全毁了，人生就完了。

又是一把屎一把尿，又是起早贪黑。

幼儿园每天接送，小学接送，上各种辅导班。

中学压力山大，得想办法上好初中好高中。

好不容易上了大学，他要出国，又得一大笔钱。

大学毕业得帮他找工作，买房子，娶媳妇，抱孙子……

你想想，你还有自己的时间吗？

你还能出去旅游吗？

你还能逛街吗？

一切就绪，我们差不多该进坟墓了。

朱　丽　这些我都想过了。

林　涛　还愿意生吗？

朱　丽　愿意。

　　　　我的生活毁了不要紧，这是一个生命，我不能不要。

林　涛　什么生命，现在连胎儿都算不上，甚至连小蝌蚪大都没

　　　　有。

　　　　权当是个蝌蚪，它游过来，在这儿停一下，你让它游走

　　　　得了。

朱　丽　老公，你什么意思，难道你想扼杀自己的孩子？

林　涛　亲爱的，我不是这个意思，我……是为你考虑。

朱　丽　老公，我吃多少苦都行，只要你答应我，留下这个孩子。

　　　　我求你了，答应我吧。

林　涛　（对观众）我要再不答应我就成畜生了。

　　　　（对朱丽）亲爱的，我答应你。

朱　丽　老公，你真好，亲一个，啵——

【一个黑暗中扔过来的枕头砸在林涛头上，他抓住枕头，朝黑暗中走去。

【打在林涛身上的灯光渐暗。

【打在可可身上的灯光渐亮。

朱　丽　（对可可）糟了，他竟然答应了，这可咋办？

可　可　（笑）要的就是这个效果！

你可真能演，演技爆棚啊，哈哈哈哈……

【可可笑得捂住肚子在沙发上打滚。

朱　丽　我掉进泥潭了，你还笑。

【可可还止不住笑。

可　可　掉进泥潭的另有其人。

朱　丽　我不明白。

可　可　（勉强止住笑）你真是个天才，你竟然把他说服了。

朱　丽　弄巧成拙，这可咋整。

可　可　论穿衣品位我不如你，论阴谋诡计你不如我。

【她拿出一瓶药放茶几上。

这个，放这儿。

朱　丽　那是什么？

【打在可可身上的灯光还在，可可走出光区，进入黑暗中。

【那瓶药在灯光中。

【落幕。

第三幕　斗智

【林涛进入刚才可可所在的光区。

【林涛拿起药瓶。

林　涛　这是什么？

【舞台灯光全亮。

【朱丽将药夺过来，塞口袋里。她搂住林涛撒娇。

朱　丽　老公，你可回来了，想死我了。

【林涛将手按住朱丽的口袋。

林　涛　什么药？

【朱丽将他的手拿开。

朱　丽　老公，亲我。

【林涛敷衍着亲朱丽。他还在纠结那瓶药。

林　涛　你没事吧？

朱　丽　老公，你看我像有事吗？

林　涛　老婆，我看你不像怀孕。

【朱丽将诊断证明递给林涛。

朱　丽　你看。

【林涛看一眼诊断证明，还给朱丽。

林　涛　还真是那次。

　　　　10 号那次。

　　　　我原来以为不可能，根本不可能，没想到……是真的。

朱　丽　我原来和你一样，也认为不可能，谁想到会怀孕，早知
　　　　道我就不吃……

　　　　【停顿。

林　涛　这是个意外，我担心你的身体……

朱　丽　老公，你真好。

林　涛　（心不在焉）好……

朱　丽　你说要打掉孩子，我还以为你不爱我了呢。

林　涛　哪能，我是怕再要个孩子毁了你的人生。

朱　丽　我也怕毁了我的人生。

林　涛　（惊喜）那……就……

朱　丽　可我宁愿毁掉人生，也要把孩子生下来。

　　　　这是一个生命！

林　涛　还说不上……

　　　　你有妊娠反应吗？

朱　丽　没有，能吃能睡，吃嘛嘛香。

林　涛　近来没事吧？

朱　丽　没事，就是想你，老公，越是这时候越想你。

林　涛　没吃药？

朱　丽　（假装警惕）查出怀孕后，我就没再吃药。

林　涛　之前呢？

朱　丽　之前？

林　涛　之前。

朱　丽　之前……只是……其实也没什么了。

林　涛　口袋里什么药？

朱　丽　普通的药。

林　涛　给我看看。

朱　丽　查出怀孕后，我就没吃了。

林　涛　给我看看。

朱　丽　（想将话题岔开）老公，你累了吧？有热水，你冲个澡
　　　　吧，可舒服了。

林　涛　不累。

　　　　把药给我看看。

　　　　【朱丽只好把药瓶掏给林涛。

朱　丽　很普通的药。

林　涛　哪儿不舒服？

朱　丽　没事。

林　涛　你现在……

朱　丽　现在好了，不吃药了。

查出怀孕后，我就没再吃了。

【她将药瓶夺过去，塞进自己口袋里。

【林涛有些疑惑。

林　涛　氧氟沙星……

朱　丽　很普通……

林　涛　你看过说明书吗？

你看，这儿写着孕妇禁用。

孕妇禁用。

【朱丽坐到沙发上哭起来。

【林涛窃喜。但稍一表露，立马掩饰。他过去安慰朱丽。

亲爱的，我答应你要这个孩子，说话算数。

【朱丽抬起头愕然地看着林涛，旋即又哭起来。

但是，亲爱的，我们既然要，就得对孩子负责是吧？

朱　丽　我会负责的。

林　涛　你看，我们缺少准备……

朱　丽　这是个惊喜。

林　涛　你吃的这种药又是孕妇禁用。

朱　丽　我没吃多少，还不到一瓶。

林　涛　还不到一瓶？

已经够多了。

朱　丽　上面没说吃这种药一定会生畸形儿。

林　涛　"孕妇禁用"是什么意思?

朱　丽　老公,你还爱我吗?

林　涛　当然,我爱你。

朱　丽　我想把孩子生下来。

林　涛　我也想,可是——

朱　丽　我会对他负责。

　　　　我可以不出国,不旅游,不上淘宝,不出去约
　　　　(会)……朋友逛街。

林　涛　可是——

朱　丽　我还会对他进行胎教、早教,让他成为一个聪明的孩子。

林　涛　可是——

朱　丽　我还会让你多和孩子亲近,都说父亲多和孩子亲近,孩
　　　　子会更健康,更聪明……

林　涛　可是,停!

　　　　我想说什么呢?

　　　　【停顿。

朱　丽　我会是一个好母亲,你也会是一个好父亲。

林　涛　可是,我想起来了,药,你怀孕期间吃过这种药。

　　　　孕妇禁用的药。

朱　丽　(委屈地哭)老公,我……吃药的时候不知道怀孕。

　　　　知道后我……就没吃了。

我向你保证，我说的全是真的，百分之二百真的。

林　涛　我没说你骗我，问题是——

朱　丽　老公，我不是有意的。

林　涛　我没怪你，只是——

朱　丽　老公，我求求你，别让我打掉孩子，我喜欢孩子。

林　涛　你什么时候开始喜欢孩子的，我记得你说过不想再生了。

朱　丽　那是没怀孕，一怀孕我就喜欢上了。

　　　　就像不喜欢狗的人，一旦养了狗，必然会喜欢一样。

林　涛　这比喻可真妙。

朱　丽　不太恰当，不过，就是这样。

林　涛　如果……我说如果……

　　　　（停顿）你知道我要说什么。

朱　丽　我不知道。

　　　　我害怕从你口中听到残忍的话。

林　涛　残忍的话？

　　　　什么是残忍的话？

朱　丽　你知道。

林　涛　我不知道。

　　　　（停顿）没有什么是残忍的。

　　　　我说的是"如果"，

　　　　这只是一个假设，

一种可能性，

有可能发生，

也有可能不发生。

朱　丽　"如果"，我听着害怕。

林　涛　你知道我要说什么吗?

朱　丽　我不想知道。

林　涛　真不想知道?

朱　丽　真不想知道。

林　涛　可是，我还得说。

亲爱的，你听着，我还要说"如果"，

如果你生下的是……

【朱丽突然歇斯底里哭起来。

朱　丽　如果我生下的是个畸形儿，要还是不要?

林涛，你为什么要诅咒我?

你为什么要诅咒我们的宝宝?

他是你的孩子，你怎能忍心诅咒他?

林　涛　我没有诅咒你，也没有诅咒孩子，我……

我说的是"如果"，你听不明白吗?

如果，如果，如果!

【朱丽下了决心。

朱　丽　老公，就是生个畸形儿，我也要生!

我也要养!

我也会对他负责!

林　涛　（忍不住发怒）你疯了吗?

你有什么权利生下一个……那样的孩子?

这是你一个人的事吗?

你生他养他就是对他负责吗?

你知道他想不想来到这个世界?

你知道他愿意不愿意承受可怕的命运?

你对他负责,你能负起这个责吗?

你知道这会给他造成多大的痛苦吗?

你要把我们的生活全毁了吗?

你要让我们跌入地狱吗?

【朱丽愣住了,定定地看着老公。她被老公的气势吓到,缩在沙发一角,瑟瑟发抖。

【林涛并没意识到自己失态,仍然将满腔怒火往朱丽身上倾倒。

林　涛　我一步步奋斗,一步步打拼,容易吗?

当初你想离开我,还不是因为我穷。

从那时起,我发誓,拼死拼活也要混出个人样儿。

我要让人们看看,我林涛好样的。

我开大奔,住大 HOUSE,在上海开公司,生意做得风生水起，谁见我不点头哈腰。

可是，风云突变。

猛然间，你要毁掉这一切，

要让我们回到二十年前，

你竟然做得出来，

你竟然要生下一个畸形儿……

【林涛重重把药瓶摔地上。

这是我的错吗？

为什么要惩罚我？

你要不说是安全期，我会让你怀孕吗？

我哪一次不是小心谨慎，害怕出事，结果还是出事了。

这是我的错吗？

这是我的错吗？

再说了，我对你不够好吗？

儿子送到了寄宿学校，

你整天上淘宝，买这买那，全刷我的信用卡，我说过什么吗？

你品位高，还不是钱堆出来的？没有我，你哪来的品位？

见鬼，我到底作了什么孽，上天要惩罚我？

【林涛说到后面，抓住朱丽肩膀，整个人覆盖朱丽，仿佛要将她压扁。

【停顿。

【林涛放过朱丽。

朱　丽　我……

林　涛　我什么?

朱　丽　我只是想把孩子生下来。

林　涛　你比石头还顽固。

朱　丽　还有,爸妈也想让我生下来。

林　涛　爸妈? 你给爸妈说了?

【朱丽点头。

朱　丽　我想让他们高兴高兴。

林　涛　你……谁让你说的?

朱　丽　你答应让我生下来,我才说的。

林　涛　你总是把爸妈搅和进来,可真行。

【朱丽知道他说这话的潜台词是什么,上次处理他和筱筱

同居那事,爸妈就站在朱丽这边,给他很大压力。他认

为现在她又来这手。

朱　丽　上次不是我告诉爸妈的,你别冤枉我。

林　涛　难道是我告诉爸妈,我在外面有女人了?

朱　丽　咱能不能别再提这事。

林　涛　你嘴上不提,心里不定提多少遍了。

　　　　这是我的把柄,捏在你手里,你能不提吗?

朱　丽　过去就过去了，我没再提过。

林　涛　你是没再提过，但这并不等于你忘了。

朱　丽　林涛，你别太过分好不好？

　　　　我没揭你的短，也希望你自己尊重自己。

林　涛　嗬，说得真好听。

　　　　你多伟大，多包容，真是贤妻良母。

朱　丽　（站起来）你今天回来干吗？就是为了和我吵架吗？

林　涛　我没想和你吵架。

朱　丽　你提那事什么意思？

　　　　你出轨，我把你拉回来，你心有不甘，是吧？

林　涛　我没什么不甘，我心甘情愿回来。

　　　　拜你所赐，我在父母眼中成了混蛋。

　　　　（讽刺）我没想到，你还愿意收留我，还愿意和我过下去，还愿意使这个家保持完整，你真了不起。

朱　丽　我知道你现在发达了，有钱了，有小姑娘往你身上扑……

　　　　我，你早就厌倦了，可我还缠着你，不给你自由……

林　涛　（故意跛着踱步，像个瘸子）这是你说的，我没说。

朱　丽　又来了，你能不能不这样走路？

林　涛　这样走路怎么了？

　　　　我让你难堪了吗？

朱　丽　这事已经过去十五年了，能不能不提？

林　涛　可以不提，可以不提，干吗要提？

　　　　不过，那是你的光辉篇章，为什么不提？

朱　丽　我不想提。

林　涛　你差点要了我的命。

朱　丽　不要提啦！

林　涛　我那么爱你，你却要和那个加拿大人私奔。

朱　丽　不是私奔，我是要和你离婚嫁给他。

林　涛　（冷笑）爱情，爱情，你追求爱情。

　　　　是的，你爱他，爱得死去活来。

　　　　我应该成全你，成全你！

朱　丽　可你选择跳楼。

　　　　为了把我留住，你竟然跳楼。

林　涛　（冷笑）我很可笑是吧？

　　　　为了保住婚姻，竟然跳楼……

　　　　竟然！

朱　丽　你把我感动了，我以为你爱我。

林　涛　难道不是吗？

朱　丽　那不是爱，是占有。

　　　　你以为你爱我，其实那不是，你很清楚。

　　　　（停顿）也许你不清楚。

林　涛　哈哈哈哈，你给我上了一课，让我知道什么是爱，什么是占有。

【他突然挥手给朱丽一耳光。

那么，这是什么？

【朱丽捂住脸，看着林涛。

这是什么？

朱　丽　你……你打我？

【林涛如同从梦游中醒过来一般，对自己的行为感到惊讶。

林　涛　我……打你？

朱　丽　你打我！

林　涛　（看着自己的手）我打你，我打了你。

我怎么会打你？

我爱你，媳妇。

【他上去搂抱朱丽，被朱丽推开。

朱　丽　（歇斯底里）别碰我！

【静场。

林　涛　我错了，媳妇，我不是故意的。

朱　丽　你走，走，别回来，我不要见到你！

林　涛　（跪下）媳妇，我错了，我不该对你动手。

【他左右开弓打自己耳光，打得响亮。

【朱丽上去拉住他的手。

朱　丽　好了，够啦!

　　　　【他又抓住朱丽的手打自己，朱丽挣脱。

　　　　【他抱住朱丽的大腿。

林　涛　媳妇，我爱你，我是因为爱你才打你的。

朱　丽　（对观众）这他妈什么逻辑。

林　涛　你是我最爱的人。

　　　　我可以为你去死，就像十五年前那样。

朱　丽　（对观众）我必须承认那是爱，不是占有。

　　　　如果我不想再挨打的话。

林　涛　媳妇，我爱你。

　　　　如果你打掉孩子，我就给你换辆车。

朱　丽　（对观众）总算回到正题上了。

林　涛　给你换一辆宝马。

　　　　别再开 QQ 了。

朱　丽　车和孩子，车和孩子……

　　　　老公，你真的要我打掉孩子吗?

林　涛　媳妇，我们不能冒险。

　　　　【他爬过去捡起扔在地上的药瓶。

　　　　我们承担不了这样的后果。

　　　　如果——

朱　丽　别再说"如果"了，我害怕听"如果"！

我听你的，听你的。

打掉，打掉，打掉！

【窗外一道闪电，一声炸雷，暴风雨来了。

【他们保持固定的动作。

【暗场。

【落幕。

第四幕　并置

【舞台左边是朱丽的客厅，我们熟悉的场景。

【舞台右边是林涛的公寓，床和沙发，墙上挂一幅达利"软体钟"的印刷品。

【两个空间可能灯光不太一样，但中间不要有明显的分界线。

【左边，可可捧一束鲜花上场，换掉瓶中枯萎的花。朱丽从卧室出来，斜倚门框，看着可可。

【右边，筱筱坐在床上翻杂志，林涛进门，刚放下公文包，筱筱就跳到他身上，林涛抱住筱筱，二人亲昵。

可　可　（摆弄好花束，退一步端详）怎么样，喜欢吗?

朱　丽　（微笑首肯）我已经没事了，你不用过来看我。

可　可　还疼吗？

朱　丽　不，一点儿也不疼了。什么事也没有。你看，我比以前还好。

可　可　毕竟是个手术，还是注意点好，不要用凉水，不要吃生冷的东西。

朱　丽　也就是弄走了一个小蝌蚪。

可　可　小蝌蚪，嗯，游走了。

　　　　（唱）小蝌蚪找妈妈

　　　　找呀找，找到啦

　　　　啦啦啦啦找到啦

　　　　妈妈就是大青蛙

　　　　哎呀，妈妈就是大青蛙。

朱　丽　（娇嗔）你才是大青蛙呢。

可　可　（说唱）一只青蛙一张嘴，

　　　　两只眼睛四条腿。

　　　　两只青蛙两张嘴，

　　　　四只眼睛八条腿……

朱　丽　你咋这么开心?!

可　可　开心不好吗？

　　　　闺密旗开得胜，所向披靡，不该开心吗？

朱　丽　什么旗开得胜，差点弄砸了。

　　　　我不知怎么搞的，演着演着忘了是在演戏。

　　　　真有点舍不得这个孩子，毕竟孩子是无辜的……

可　可　说明你演得炉火纯青。

　　　　演员要是都像你这么入戏，戏咋能演不好呢。

　　　【朱丽沉思。

　　　【林涛将筱筱扔床上，要进一步亲热，筱筱将他推开。

筱　筱　不行不行。

林　涛　怎么不行，有情况？

筱　筱　没情况，就是不行。

林　涛　这是怎么啦？

筱　筱　（情绪低落）没怎么。

林　涛　"没怎么"是怎么了？

筱　筱　没怎么就是没怎么。

林　涛　我的小贱货，谁惹你不高兴了？

筱　筱　不许叫我小贱货。

林　涛　我偏要叫你小贱货。

筱　筱　大坏蛋，大流氓！

林　涛　小贱货，小妖精！

筱　筱　（赌气）我不理你了。

林　涛　你这脸色比夏天的天气都变得快。

筱　筱　那也没你的心变得快。

林　涛　这从何说起？

筱　筱　我要给你生个孩子，你死活不同意，你却让她怀孕。

林　涛　我给你说过，这是个失误。

　　　　我没想到……

　　　　【停顿。

筱　筱　哼——

林　涛　（讨好）我爱你，亲爱的。

筱　筱　屁！

可　可　想什么呢？

　　　　【停顿。

朱　丽　我心里空落落的，好像有个空洞，那里好空啊。

可　可　亲爱的，你太夸张了，不就是一个小蝌蚪游走了，至
　　　　于……

朱　丽　是心，不是子宫。

可　可　心？

朱　丽　空洞在心里！

可　可　心里？！

朱　丽　好奇怪的感觉……

　　　　心里……

（她张开双臂比画着）这么大个洞。

可 可　（嘲讽般模仿）这么大？

朱 丽　能钻进去飞机。

可 可　飞机？

朱 丽　飞机！

可 可　（笑）你可真能想。

　　　　【静场。

　　　　【筱筱用枕头打林涛。

筱 筱　你看着我干吗？我说错了吗？

林 涛　（夺下枕头）你再说一遍。

筱 筱　你爱我，爱个屁！

　　　　【林涛做势打筱筱，筱筱躲闪，二人打闹嬉戏。

　　　　【最后林涛擒住筱筱。

林 涛　小贱货，我抓到你了。

筱 筱　（放弃抵抗）大坏蛋，你真爱我吗？

林 涛　当然。

筱 筱　你只是想要我。

林 涛　不要哪有爱。

筱 筱　流氓！

林 涛　我就是流氓，我要耍流氓了。

【他要剥筱筱衣服。

筱　筱　（跳起来，喊）抓流氓喽，抓流氓喽——

【他们继续追逐嬉戏。

可　可　（瞎琢磨和比画）一个洞，一个空的洞，一个能钻进去

飞机的空的洞……

（恍然大悟）你是做梦吧？

朱　丽　（茫然）梦？

（她试图在忘川中打捞消失的梦）梦……

似乎……

我似乎的确做了噩梦，但不是一个洞，不是一个空

洞……

也许我梦到一个空洞，但我把它忘了。

（她摇头）也许。

也许吧。

但我真的做了噩梦，半夜醒过来我就再也睡不着了。

可　可　梦到什么了？

朱　丽　我梦到……

（停顿）林涛发现我骗他，他骂我，他打我……

【她说不下去。

可　可　你这是做贼心虚。

朱　丽　　（声音中透着恐惧）他好可怕啊，我从没见过他那样。

可　可　　哪样？

朱　丽　　（她连说出来都害怕）那样。

可　可　　那样是哪样？

朱　丽　　那样就是那样。

【林涛和筱筱停止追逐，安静下来。

筱　筱　　好了，说说你是怎么说服她打胎的。

林　涛　　我……

　　　　　打了她。

筱　筱　　（不信）吹吧你，你敢动她一指头吗？哼！

林　涛　　这个女人简直疯了，非要生下来，哪怕是畸形儿也要生
　　　　　下来。

　　　　　你说，我能不急吗？

　　　　　我一急，就控制不住自己。

　　　　　你知道我的脾气，有时候……

筱　筱　　你真的打了她？

林　涛　　我也没想到。

筱　筱　　（惊讶）你打女人？

林　涛　　我没想打，可是……这是她自找的。

【可可走到朱丽身边安慰她。

可　可　亲爱的，噩梦已经过去，过去了。

　　　　太阳出来，阳光灿烂，一切都是新的，多好啊！

　　　　再说了，你还赚了一辆新车，那可是宝马啊。

朱　丽　我没想换车。

可　可　你早该换了，老公赚那么多钱，你开个QQ，那不是给他

　　　　丢人嘛！

　　　　【可可倒两杯红酒，给朱丽一杯。

　　　　来，为成功庆贺一下。

　　　　【碰杯。

朱　丽　成功？

筱　筱　你会打我吗？

林　涛　会。

　　　　【停顿。

可　可　滴水不漏，天衣无缝，平安过关，还不算成功吗？

朱　丽　（情绪突转，爽快）算！

　　　　【二人再次碰杯。

　　　　【筱筱突然爆发，扑到林涛身上撕打。

筱　筱　你敢打我，你敢打我？

林　涛　打是亲骂是爱啊。

筱　筱　那我好好亲你爱你！

　　　　（打）流氓！

　　　　（打）无赖！

　　　　（打）混蛋！

　　　　（打）畜生！

　　　　（打）吝啬鬼！

　　　　（打）强奸犯……

林　涛　好了，别闹了，听我说。

筱　筱　说什么？

林　涛　我不会你，我是开玩笑的。

筱　筱　哼！

林　涛　但是，她……

　　　　早该给她点颜色瞧瞧了。

　　　　这个女人，什么事都办得滴水不漏、天衣无缝，

　　　　偷人也偷得光明正大……

筱　筱　你说什么，她偷人？

林　涛　那是十几年前的事了。

筱　筱　她偷谁？

林　涛　一个加拿大华侨，骗子，说要带她去加拿大。

护照都办好了，这个女人简直疯了，想上天……

筱　筱　为什么没去？

林　涛　我没答应，我阻止了她！

筱　筱　她听你的？

林　涛　不听。

筱　筱　那你说你没答应，你没答应管用吗？

林　涛　我跳楼！

筱　筱　（惊讶）跳楼？

林　涛　跳楼。

筱　筱　真跳？

林　涛　真跳。

【他跛着腿走两圈给筱筱看。

你瞧，那时落下的毛病，有时走路还这样。

筱　筱　装！

林　涛　（恢复正常）幸亏遇到一个好医生，手术很成功，才没
　　　　落下毛病。

筱　筱　（冷嘲）为了什么，婚姻还是爱情？

林　涛　你是不是觉得我特傻？

筱　筱　不是一般的傻。

林　涛　我也有过为爱不顾一切的时候……

【停顿。

朱　丽　你说，我现在是不是变成厉包了？

可　可　没有啊，旗开得胜，物质精神双丰收，地位不降反升，

　　　　高手啊。

朱　丽　十几年前我可不这样。

　　　　那时爱起来不顾一切，坦坦荡荡，

　　　　哪像现在偷偷摸摸，像做贼一样。

可　可　三十年河东，三十年河西。

　　　　那时的你，大学刚毕业，校花，工作好，万人迷。

　　　　他呢？

　　　　中专毕业，穷酸一个，除了长得帅，有什么。

　　　　真不知你是怎么看上他的。

　　　　大概你结婚后也后悔了，

　　　　要不怎么会和加拿大人搞到一起，还要移民加拿大。

　　　　那时，你高高在上，你是主导者。

　　　　他……

　　　　也真够绝的，跳楼，一跳成功，治住了你。

朱　丽　我被感动了。

可　可　其实是被要挟了。

朱　丽　你一开始就不喜欢他。

可　可　能为你跳楼的人，也能干出别的事，极端的事。

朱　丽　你对他有偏见。

可　可　但愿是偏见。

　　　　我承认我不喜欢他。

　　　　没有理由，就是不喜欢。

　　　　我们多年不联系，就是为这。

　　　　我不想见他。

朱　丽　我还以为你对我有什么误会。

可　可　没有。

　　　　我就是不想见他，我宁愿见一条……

　　　　【停顿。

林　涛　那时候我真的爱她，不怕你笑话，我认为她是我的，一
　　　　辈子属于我。

　　　　你看，爱情多么可笑。

　　　　那时，她条件比我好，我算高攀了。

　　　　他妈的，狗屁爱情！

　　　　她上了加拿大人的床，就提出和我离婚。

　　　　理直气壮，好像偷人的是我，不是她。

　　　　你说天底下哪有这样的事！

　　　　无耻，真是无耻！

　　　　不要脸！

我戴绿帽子戴了十几年，轮到我……

筱　筱　你别说你和我是第一次婚外恋。

林　涛　其他都是逢场作戏。

筱　筱　（揪住林涛耳朵）过去的我不在意，以后看你还敢！

林　涛　有你，我不会再爱别人了。

筱　筱　骗子！

【朱丽欣赏可可送的鲜花。

朱　丽　现在的林涛和过去不可同日而语。

可　可　那还不是你调教得好。

　　　　没有你的支持，他会有今天？

　　　　我真佩服你，愣是把一个穷小子培养成成功人士。

朱　丽　他有能力，只是起点低罢了。

　　　　你不该看不起他。

可　可　我哪敢。

　　　　人家现在是老板，我敢看不起！

朱　丽　哪天我们一起吃个饭，你会改变对他的看法的。

可　可　得，饶了我吧。

朱　丽　你不了解他……

可　可　（捂住耳朵）我不要听！

　　　　【停顿。

【林涛揉着耳朵。

林　涛　（对观众）说我是骗子，我看人人都是骗子。

　　　　谁敢说他没撒过谎，没骗过人。你敢吗？

　　　　唉，我的耳朵，哪一天不听到谎言。

　　　　（对筱筱）你把我揪疼了。

筱　筱　这是轻的。

【她做势又要上去揪耳朵，林涛躲开。

　　　　你刚才说什么？

林　涛　我说什么？

筱　筱　你说"轮到你……"

【林涛上去要揪筱筱耳朵。

林　涛　轮到我了。

【筱筱躲开。

筱　筱　不是，不是。

　　　　你说你戴了十几年绿帽子，轮到你……我把你打断了，

　　　　你想说什么？

林　涛　绿帽子？

筱　筱　绿帽子。

林　涛　轮到我？

筱　筱　轮到你！

林　涛　（他想起来了，声音又开始激昂）她给我戴了十几年绿

帽子，轮到我的时候——她发现我们同居了——

她不打不闹，要我回家，要我离开你。

我说我离不开你。

三十年河东，三十年河西，该我直起腰杆说话了。

我就对她直说：我离不开你！

看她咋办。

她做了初一，就别怪我做十五。

这下她该发作了吧，不，她没有。

她把我爹妈搬出来了。她可真行。

我爹是老顽固，气得住院，差点过去。

她鞍前马后伺候，毫无怨言。

爹妈完全被她收买了，都站在她一边。

你说，我……

【停顿。

筱　筱　你什么意思？

【停顿。

林　涛　所以，我才把给你买的那套房子卖了，搬到这儿。

【停顿。

筱　筱　钱呢？

林　涛　（装傻）什么钱？

【筱筱追打林涛，这次她似乎是来真的。在那边说话的时候，他们只是无声地追逐，类似哑剧。

【可可看朱丽不说了，放下双手。

可　可　现在，我看你是被他拿住了。

　　　　偷个腥看看吓成啥样，小命都快没了。

朱　丽　此一时，彼一时。

可　可　那时你高高在上，现在，你低到尘埃中了。

　　　　他敢对你说他离不开那个女人，搁过去他敢吗？

朱　丽　今非昔比。

可　可　我看你是越来越窝囊了。

　　　　我得好好考虑考虑，还要不要和你继续做朋友。

朱　丽　你说什么？

可　可　（高声）我不想看到你这样！

朱　丽　我不这样又能怎样，你以为我想这样啊！

　　　　不，我也看不起我自己。

　　　　我原来多骄傲的一个人，我可以整个世界都不要，只要爱情。

　　　　可是，岁月，日子，点点滴滴的时光，像看不见的磨，把我的美丽和尊严都磨碎了。

　　　　磨没了。

我成了生活的俘虏。

我空虚。

我无聊。

我找不到生活的意义。

我和林涛，我们之间早就没有爱情，或者从一开始就没有爱情。

我们只是……在一起。

对，在一起。

他妈的，你看我找到了一个多么准确的词。

我将他培养成一个成功的老板。

在外人看来我们生活美满，家庭和睦，人见人羡。

可他妈的，鞋合不合脚只有自己知道。

张爱玲是怎么说的？"人生是一袭华美的袍，里面爬满了虱子。"

人生如此，婚姻更是如此！

（她越说越激动）爱情，该说说爱情了。

你还相信爱情吗？

你以为是爱情的，到头来，只是性。

只是性而已。

爱情，狗屁！

（停顿）你知道我怀的是谁的孩子吗？

你没问，也许你已经猜到了。

（停顿）是的，是的，就是他，那个加拿大人！

原来我可以抛弃整个世界去爱他，因为他可以给我整个世界。

现在，他有家了。

有老婆孩子。

两个女儿，都很可爱。

他说他不会离婚。

你猜我怎么说。

我说，（变调，怪怪的腔儿）天啊，千万别这样说，你要离婚会把我吓死的。

我说，我们是成年人，就别说幼稚的话了。

他想和我回忆当初，我说，你不觉得那时很傻吗？

他笑笑说，是够傻的……

可　可　他知道你怀孕吗？

朱　丽　知道。

可　可　然后呢？

朱　丽　他打给我一笔钱。

可　可　钱？

朱　丽　钱！

　　　　你看，这就是现实。

（苦笑）老公给我车，情人给我钱……

多划算啊，可是，我他妈的却总是做噩梦，做噩梦——

【落幕。

第五幕　梦境

【起居室，与第一幕相同。

【枯萎的花。

【软挂钟代替了《向日葵》油画，这是实物，指针走不动，但仍发出嗒嗒的声音。

【这一幕要给人亦真亦幻的感觉。让观众起初以为是现实，后来恍然大悟，原来是朱丽的南柯一梦。

【朱丽拿起花瓶中枯萎的花，看了看，准备扔掉。

朱　丽　该买花了。

【林涛怒气冲冲闯进来，手里拿着一张撕碎后又拼贴起来的诊断证明，他将证明举到朱丽面前。

林　涛　认识这个吗？

【朱丽显然认识，她如遭雷击，僵住了。

能给个解释吗？

【朱丽没法解释。

一个解释，一个解释，给我一个解释！

（暴怒）我要一个解释！

【停顿。

【一阵古怪的笑，笑得人毛骨悚然。

【朱丽委顿下来，枯萎的花掉落在地。

说说你是怎么欺骗我的。

呵呵，竟然想出了"排卵期出血"。

不错，排卵期出血，度娘也说有这种现象。

聪明，真聪明！

我真佩服你啊，老婆，你越来越了不起了。

不过，你是怎么想到的？

真是处心积虑啊！

（停顿）知道你错在哪儿吗？

你把我当成了大傻瓜、大笨蛋、大白痴。

好像我脑子进水了，或者我根本就没有脑子，我他妈的什么也不懂，是个白痴，不会思考，不会怀疑，不会求证，你说什么就是什么。

你做得天衣无缝，神不知鬼不觉，了无痕迹。

真的天衣无缝吗？

真的神不知鬼不觉吗？

真的了无痕迹吗？

哼，亏你和我一起生活这么多年，对我一点儿也不了解。

嘿，你的眼睛长在头顶上吗？

你看不到我吗？

是不是漠视我的存在？

【他抓住朱丽的头发，迫使朱丽看着他。

看着我！

你害怕了吗？

你以为你是谁，还是过去那个校花吗？

你还是吗？

朱　丽　放开我。

林　涛　告诉我，你怀的是谁的种？

朱　丽　对不起。

林　涛　别说对不起，你告诉我哪来的野种，嗯？

朱　丽　对不起对不起对不起……

林　涛　别他妈对不起对不起对不起，告诉我哪来的野种，谁让你怀孕的，说呀！

【他放开朱丽，困兽般踱来踱去。

你不记得吗？

不知道是谁干的吗？

一夜情吗？

谁也不问对方姓名，到宾馆就干，干完提上裤子走人，谁也不用负责，是这样吗？

还是……你不是和一个人干，而是和这么多人，所以你不知道是谁？

这需要做 DNA，不做 DNA 不知道谁的种。

科学，这时候就需要相信科学了。

【他上去用力摇晃朱丽。

说呀，是不是被我说对了，你就是这样的人，一个高品位的破鞋？

婊子，小姐，妓女，夜莺，窑姐儿，人尽可夫，公共汽车，公共厕所……

【朱丽歇斯底里尖叫一声，吓林涛一跳。

朱　丽　够了，别说啦——

【林涛退后一步。

林　涛　嗬，脾气还不小。

我说的不对吗？

朱　丽　对，完全对！

我就是这样的人，婊子，窑姐儿，破鞋，人尽可夫，公共厕所，谁想上谁上……你满意了吧？

林　涛　这可是你说的。

朱　丽　我说的！

林　涛　真够贱！

朱　丽　对，贱，贱极了！

林　涛　贱到家了。

朱　丽　是，贱到家了！

林　涛　真是不要脸。

朱　丽　是，不要脸！

林　涛　你……我怎么会娶了你这个烂货！

朱　丽　（冷嘲）你当初为留住我，可是跳过楼的。

林　涛　我鬼迷心窍！

朱　丽　你后悔了？

林　涛　早就后悔了。

　　　　你为什么不滚出这个家？

　　　　我已经和别的女人好上了，你干吗还赖着不走？

朱　丽　你能挣钱，我干吗要走？

　　　　我到哪儿再找一个这么能挣钱的老公？

　　　　你能在外面鬼混，我也能。

　　　　咱们扯平了，谁也不用说谁。

林　涛　扯平？

　　　　扯不平！

　　　　我跳过楼，你跳过吗？

朱　丽　你要我跳楼吗？

林　涛　你跳楼，咱们就扯平，否则，别想扯平。

朱　丽　我不会跳楼。

林　涛　你不是要扯平吗？

朱　丽　我认为已经扯平了。

林　涛　那是你认为！

朱　丽　对，是我认为。

林　涛　不是我认为！

朱　丽　不是你认为。

林　涛　我该怎么惩罚你呢？

朱　丽　随便。

　　　　（停顿）我接受所有的惩罚。

林　涛　死猪不怕开水烫啊。

　　　　好吧，来把我皮鞋擦干净。

　　　　【他坐到沙发上，跷起二郎腿。

　　　　【朱丽拿出鞋油、刷子和擦鞋布，蹲下给他擦皮鞋，并打

　　　　得锃亮。

　　　　要能照见人影。

　　　　【朱丽用力擦。

　　　　舔！

　　　　【朱丽愣了。

　　　　舔！听不懂汉语吗？

　　　　用舌头，舔！

【静场。

【朱丽愤而扔下擦鞋工具。

朱　丽　你别太过分！

【林涛打个响指，筱筱出现。她从哪儿上场并不重要。

【筱筱妖娆暴露，颇具侵犯性。

筱　筱　（嗲声嗲气）亲爱的，叫我干吗？

林　涛　帮我把皮鞋舔干净。

筱　筱　（看一眼朱丽，撒娇）你坏。

　　　　干吗不让这个贱人舔？

林　涛　我信不过她。

【筱筱朝朱丽撇撇嘴，大幅度地舔鞋。

【之后，筱筱坐到林涛怀里，与林涛亲吻。

【朱丽看不下去，转过身。

朱　丽　太不像话了，这成何体统。

林　涛　筱筱，你去把她的心挖出来，我看看是什么颜色。

【筱筱过去挖朱丽的心。

【此处用投影表现，一只手伸入朱丽的身体里，从对面穿出，然后缩回来。

【朱丽受到巨大惊吓，身体佝偻着。

筱　筱　她没有心，她那儿是空的。

林　涛　空的？

筱　筱　空的!

林　涛　哈哈哈哈，听到没有，贱人，你没有心，没有心，你是
　　　　一个空心人，空心人!

　　　　哈哈，空心人!

朱　丽　（恐惧）我没有心?

　　　　我真的没有心吗?

　　　　我……

　　　　（她终于认识到）是的，我没有心，没有心。

　　　　如果我有心，我怎么会忍受这样的现实?

　　　　我怎么会!

　　　　【林涛和筱筱围着她转，像看一个怪物。

　　　　我没有心还活着，多么奇怪啊。

　　　　可可，救我——

　　　　【朱丽倒下。

　　　　【可可上场，穿着第一幕试过的那件黄裙子，这种行为本
　　　　身即是冒犯。

　　　　【可可来到朱丽跟前。林涛和筱筱围过来。

可　可　朱朱，你怎么啦?

朱　丽　我的心没了。

可　可　不会吧，让我摸摸。

　　　　【可可将手伸入朱丽的胸腔，什么也没摸到。

这怎么可能，空的！

朱朱，你的心呢？

朱　丽　我不知道。

可　可　何时发现的？

朱　丽　刚才。

【林涛大笑。

林　涛　真是好笑，空心人，哈哈，空心人！

筱　筱　空心人！

【可可抓住林涛的衣襟，逼问他。

可　可　你对她做了什么？

她怎么会成为这个样子？

林　涛　我什么也没做。

可　可　你这是犯罪，你知不知道！

【林涛甩开可可。

林　涛　少给我来这一套！

你是什么货色，以为我不知道。

没有你，她会变成现在这个样子吗？

你什么人，自己不清楚吗？

可　可　（气愤）我什么人？

林　涛　要我说吗？

物以类聚，人以群分，她什么样，你就什么样！

可　可　她什么样?

林　涛　烂货,破鞋,婊子,窑姐儿,公共厕所!

可　可　你这样说你老婆?

林　涛　我现在说的是你!

【可可给林涛一耳光。

【静场。

可　可　你这个渣男,垃圾,畜生,屎!

你勾引我时,我怎么对你说的?

我说,我他妈就是让全世界的男人上,也不让你上。

林　涛　(皮笑肉不笑)你敢打我?

可　可　(外强中干)打你了,怎么着?

【林涛把那张拼贴的诊断证明亮出来,给朱丽看。

林　涛　看看你闺密干的好事,她出卖你!

可　可　那不是我干的!

你别听他的,不是我……(后面的声音已经低得听不见了。)

筱　筱　就是她干的!

可　可　林涛,我们说好演戏的……

林　涛　这不是演戏吗?

我们难道不是在演戏吗?

可　可　你欺骗我。

林　涛　这出戏的主题是什么?

　　　　不就是欺骗吗!

　　　　【朱丽爬起来，神情恍惚。

朱　丽　（神情恍惚，喃喃自语）欺骗，欺骗……

林　涛　没有欺骗，生活如何能够忍受。

筱　筱　没有欺骗，我们怎么活。

可　可　朱朱，我欺骗你，是因为我不想伤害你。

　　　　我是善意的。

朱　丽　（神情恍惚，喃喃自语）欺骗，欺骗……

　　　　【她拨开他们，朝窗子走去。

可　可　朱朱，你要干吗?

朱　丽　跳楼。

　　　　我要跳楼。

　　　　【可可要去拦挡，林涛抱住她。

林　涛　只是跳楼而已。

筱　筱　让她跳吧，一跳解千愁。

　　　　【朱丽返回来，每个人打量一遍。

　　　　【她停在软体钟表前，盯着钟表。

朱　丽　这钟表怎么了?

　　　　【钟表随之掉落下来。

　　　　【落幕。

主与仆——也叫椅子（独幕话剧）

人物

甲——主

乙——仆

丙——导演，或者助手。

【本剧所有故事都发生在街道、商场或广场等公共场所。

【演出也尽量在这些地方，以保证其开放性和不确定性。

【此情况下，演出只能是公益性质的，因为无法卖票。

【剧本仅供参考，演员不必拘泥，可以自由发挥。

【肢体动作由演员发挥，尽量夸张，如果演员会些魔术则更好。

【剧中"导演"只在出现群众参与或者保安和公安介入的情况下出来解释和保护演员。若没有出现这些情况，"导演"尽可隐身。

【剧中角色充满象征意味，这是回避不了的。

【本剧也可叫《权力游戏》，由此名字所做之联想皆不虚妄。

【甲乙着装差别很大，一个西装革履，一个工装解放鞋（或者扮作小丑也可）。

【丙着装不做特别要求，最好有草绿色帽子、马甲、墨镜。

广场一

【乙头顶一把太师椅走过广场，甲在他身后弯腰系鞋带。

甲　等等。

【乙没听到。

甲　（提高声音）等等。

【乙停下来，但没转身。

【甲系好鞋带，跟上来。

【乙看甲到了身旁，又开步走。

甲　等等。

【乙停下来。

甲　你没听到吗?

【乙没说话，表情是：我听到了，你看，我停了下来。

甲　我说，你没听到吗?

乙　听到了。

甲　听到什么了?

乙　（声调模仿甲）"我说，你没听到吗?"

甲　不是这句，往前，前一句。

乙　"你没听到吗?"

甲　再往前，这句之前。

乙　"等等。"

甲　对，是这句。既然听到，为什么还往前走?

乙　我没往前走，我停下来了。

甲　前一个"等等"。

乙　前一个"等等"我也停下来了。

甲　不对，再往前，还有一个"等等"。

【乙一脸懵懂。

甲　我一共说几个"等等"?

乙　一个，两个。

甲　不对。

乙　?

甲　不是一个，也不是两个，是三个!

乙　？

甲　你故意装作只听到两个，是不是？

乙　我真的只听到两个"等等"。你说"等等"，我停下来。你走到跟前，我又走，你说了第二个"等等"，我又停下来，就站在这儿，一步没挪。

甲　你给我站好，立正！

【乙立正。

甲　我会说谎吗？

乙　不会。

甲　你呢？

乙　不会。

甲　你是说你和我一样，有同样的道德水平？

乙　不敢。

甲　我再问，你会说谎吗？

乙　会。

甲　刚才你说谎了吗？

乙　没有。

甲　这句是真的吗？

乙　是真的。

甲　我能相信你吗？

乙　能。

甲　这么说，你不再说谎了？

乙　是。

甲　是以后不再说谎吗？

乙　是。

甲　以前呢？

乙　以前也没说谎。

甲　你刚才怎么说的？

乙　我说"是"。

甲　"是"之前……天啊，之前很久……算了，你说没说过你会说谎？

乙　我说过。

甲　那你为什么说"以前也没说谎"？

乙　以前我是没说谎。

甲　你说过你会说谎。

乙　会说谎，不等于说过谎。我会，但我没说。

甲　这么说，你是真没听到第一个"等等"。

乙　如果你说了三个"等等"，那第一个"等等"确实没听到。如果你只说两个，那我都听到了。

甲　你是说你不相信我说了三个"等等"？

乙　我没说我不相信你说了三个"等等"。

甲　那你什么意思？

乙　我只听到两个"等等"，对于没听到的，我不能假装听到了，
　　那是说谎。

甲　你没听到是我的错吗?

乙　不是。

甲　那是谁的错?

乙　?

甲　说，谁的错?

乙　风。

甲　什么?

乙　风，是风把你的声音刮跑了。

甲　你再说一遍!

乙　风，是风把你的声音刮跑了。

甲：(咆哮) 风吗?

乙：(嗫嚅) 风。

甲　风吗?

乙　……

甲　你要归罪于风吗?

　　让我惩罚风吗?

　　把风捆起来吗?

　　把风训斥一顿吗?

　　把风流放了吗?

把风关起来吗？

把风枪毙了吗？

乙　你可以原谅风一次。

甲　原谅一次吗？

好，原谅一次。

我总是这么宽宏大量。

我总是这么仁慈。

权当这是一种美德吧。

好，我原谅风了。

可是，你呢？

乙　我？

甲　你，不会也要求我原谅吧。

你应该知道这行不通。

我从来不会放过你的任何过错。

从来不会。

你知道的，我不会纵容你。

你，想都别想。

站好啦！

乙　我没错。

甲　你还犟嘴？

还顶撞我？

还不承认错误?

这是不是错?

乙　是。

甲　犯这么多错，你是选择挨骂还是挨打?

乙　……

甲　好像你还有选择似的。

你别无选择。

今天我心情不错。

先挨骂吧。

乙　我能放下椅子吗?

甲　想放下椅子?

乙　是。

甲　我告诉你，不能。

乙　太沉了。

甲　再沉你也得给我顶着。

这是你的职责。

你必须顶着。

站好啦!

我要开骂:

你这个畜生!

你这个罪犯!

你这个流氓！

你这个无赖！

你这条毒蛇！

你这头猪！

你这条狗！

我不想侮辱狗，这条删去。

你是个废物。

你是个懒鬼。

你是个人渣。

你是垃圾。

你是一坨屎。

你是蛆。

你是苍蝇。

你是蚊子。

你是老鼠。

你是臭虫。

你是八成。

你是二百五。

你是十三点。

你是傻瓜。

你是白痴。

你是疯子。

你是……

我口渴了，水。

【乙从口袋里掏出一瓶矿泉水给甲。

【甲将一瓶水喝完。

甲　我不想骂了，累。

　　你自己惩罚自己吧。

乙　怎么惩罚？

甲　扇自己耳光。

乙　几下？

甲　我不说停，你一直扇。

【乙一只手扶着椅子，一只手扇自己耳光。一下，两下，三下，四下……

甲　停。换另一只手。

【乙换另一只手，继续扇耳光。一下，两下，三下，四下……

甲　停。

　　慢动作。

　　舍不得。

　　心疼。

　　下不了手。

　　那我来吧。

【甲用矿泉水瓶劈头盖脸地将乙打了一通。

【乙承受着。

甲　服不服？

乙　服。

甲　大声。

乙　服。

甲　不够真诚，再说。

乙　服。

甲　你知道什么叫真诚吗？

　　知道什么叫心悦诚服吗？

　　要发自内心。

　　声音要从灵魂深处发出。

　　如果你有灵魂的话。

　　要这样，你看着我，服——

　　你再说。

乙　服——

甲　不是要你学形式。

　　要学态度。

　　态度，懂吗？

　　再来。

乙　服——

甲　椅子放下，我要坐。

【乙放下椅子，甲坐上。

甲　给我捶捶背。

【乙给甲捶背。

甲　重点。

轻点。

再重点。

再轻点。

今天天气不错。

乙　是，好天气。

甲　你要和我唱对台戏吗？

乙　没有。

甲　我说天气不错，并不等于说今天是好天气。

乙　知道了。天气不错就是天气不错，不是好天气。

甲　不是好天气吗？

乙　你说的，天气不错只是天气不错。

甲　但不能说不是好天气。

乙　天气不错。

甲　对。不要乱发挥。给我捶捶腿。

【乙给甲捶腿。

甲　有点热。

乙　有点。

甲　有点热！

乙　是有点热。

甲　你在肯定我说的话吗？

乙　嗯。

甲　我说的话需要你来肯定吗？

乙　不需要。

甲　那你为什么要说"是有点热"？

乙　我……

【甲敲乙的头。

甲　再胡乱发挥，我打烂你的狗头。

乙　不发挥了。

甲　你和我保持一致。

乙　时刻与你保持一致。

甲　听我话。

乙　听你话。

甲　给我把鞋舔干净。

　　乙为甲擦鞋。

【甲踹开乙。

甲　你听不懂我的话吗？

乙　？

甲　舔，不是擦。

　　用舌头舔，不是用手擦。

　　跪下！

　　【乙跪下。

甲　舔。

乙　不如擦的干净。

甲　舔。

乙　会把鞋弄湿。

甲　舔。

乙　我舌头上有细菌。

甲　舔！

　　【乙开始给甲舔鞋。

甲　这工作能胜任吗？

乙　能。

甲　好样的！

　　【乙继续舔鞋。

甲　要捧起来舔。

　　【乙将甲的脚捧起来舔。

甲　别把我袜子弄脏了。

乙　不会。

甲　鞋底也要舔。

甲　要舔得锃光发亮。

　　要能照出人影。

　　要纤尘不染。

　　要和新的一样。

　　要比新的还新。

　　要……舔完了？

　　【乙表示舔完了。

　　【甲搬起脚，对着太阳光仔细看看，手指又拂拭一下，他舔一

　　下手指，是干净的。

甲　嗯，嗬——

　　【甲提起裤腿，轻快地在地上蹦跳两下。

甲　不错。你看，只要敬业。

　　【乙伸伸腰，想站起来，被甲按住。

甲　我要骑马。

乙　这里没有马。

甲　你就是马。

乙　我是人，不是马。

甲　我说你是马，你就是马。

乙　我是马？

甲　是马！

乙　好吧，我是马。

　　【甲骑在乙身上，拍打乙的屁股。

甲　驾，驾!

　　快，快，再快!

　　（唱）马儿啊，你慢些走哎，慢些走哎，

　　我要把这迷人的景色看个够，

　　看个够，看个够，看个够……

　　【甲乙的做法引起围观和干涉都是正常的事。

　　【这时候就该丙出面了。

　　【丙的出场也许更靠前一些，视具体情况而定。

丙：大家可以散了，没什么好看的。

　　他们俩的事，你们不要当真。

　　他们是在表演，是在排练。

　　他们一个有权对另一个那样。

　　这是他们的事。

　　没什么特别的。

　　和你的事一样。

　　和他的事一样。

　　不要叫保安。

　　也不要叫公安。

　　他们没妨碍谁，何必呢。

走？会走的。

他们正在往前走。

椅子，我来搬吧。

【丙搬上椅子，跟在甲乙后面。

广场二

【与前一场相反。

【这次是甲头顶着椅子走过广场。

【乙跟在后面，手中多了一个鞭子。

【乙停下来提鞋，甲没注意到。

乙　等等。

【甲停下来。

乙　你没看到我没跟上吗？

甲　没有。

乙　你是不是想逃走？

甲　不是。

乙　哄鬼去。

　　不想逃走，谁信？

　　你以为我是傻瓜？

　　告诉你，只有傻瓜才会以为别人是傻瓜。

说说，你为什么不停下来？

甲　我没看到。

乙　你没看到，是我的错吗？

甲　不是。

乙　那是谁的错？

甲　……

乙　你，没，看，到——

记住，是"你"没看到。

该不该打？

甲　该。

【乙用鞭子抽甲。

乙　知道错了吗？

甲　知道。

乙　错在哪儿？

甲　没看到你停下来。

乙　要眼睛干什么的？

甲　看东西。

【乙再次鞭打甲。

乙　眼睛最应该看什么？

甲　看你。

乙　这就对了。

热吗?

甲　热。

乙　你穿得周吴郑王,能不热吗?

甲　我可以松松领带吗?

乙　我给你松吧。

　　【乙恶狠狠地将甲的领带抽紧,甲呼吸困难。

乙　怎么样?舒服了吗?

甲　我……

　　【乙给他稍稍松开一些。

　　【甲咳嗽起来。

乙　还炫耀你的领带吗?

甲　我没炫耀。

乙　还敢犟嘴!

　　【乙鞭打甲。

乙　还敢吗?

甲　不敢了。

乙　为防你逃跑,我要给你加个链子。

甲　我不会逃跑。

乙　我会信吗?

　　指定不会。

　　椅子放下。

【甲将椅子放下。

【乙从腰里拽出一条链子。

乙　头伸过来。

甲　我发誓，我不会逃跑。

乙　头伸过来。

甲　我若逃跑，你可把我打死。

乙　头伸过来。

甲　这么多人看着呢。

乙　那又怎么样？

甲　我难为情。

【乙鞭打甲。

乙　头伸过来。

【甲把头伸过去，让乙将链子拴到他脖子上。

乙　现在，你是猴子。

甲　我不属猴，我属狗。

乙　你是猴子，不是你属猴子，听不懂人话吗？

甲　我是人，不是猴子。

乙　我说你是猴子，你就是猴子。

【乙鞭打甲。

甲　别打了，我是猴子。

乙　你是猴子吗？

甲　我是猴子。

乙　跳一个。

　　【甲跳一个。

乙　跳椅子上。

　　【甲跳椅子上。

乙　跳下来。

　　【甲跳下来。

乙　再跳上去。

　　【甲又跳上去。

乙　下来。

　　【甲又跳下来。

乙　翻个跟头。

甲　我不会翻跟头。

乙　我教你。

　　【乙抖动链子，绕一圈。

乙　翻。

　　【甲不翻。

　　【乙鞭打甲。

乙　翻。

　　【甲翻跟头。

乙　看看，这不会了吗？

来个猴子捞月。

甲　不会。

乙　跳上去。

【甲跳椅子上。

乙　捞月。

【甲探手向下捞月。

【乙猛然一拉链子，甲掉下椅子。

乙　捞到月亮了吗？

甲　没有。

乙　笨！月亮在天上。

【甲抬头看天。

乙　你刚才说什么？

甲　我说"没有"。

乙　之前，之前的之前，算了，我说吧。

　　你说你属狗，是吧？

甲　是，我属狗。

乙　现在你是狗。

甲　我是猴子。

乙　我说你是狗，你就是狗。

甲　我是猴子。

乙　（扬起鞭子）你是狗！

甲　好，我是狗。

乙　叫！

甲　叫什么？

乙　没见过狗叫吗？

甲　见过。

乙　叫！

甲　汪，汪汪，汪汪汪。

乙　冲他们叫，他们都在看你。

　　【乙牵着甲，绕着椅子，冲外围吠叫。

　　【甲乙的表现会引起围观，也会让周围人感到不适，都不奇怪。

　　【如果条件允许，乙会让甲金鸡独立、倒立、自虐、切手指、吃屎，等等。

　　【所有干预、阻碍或者保安和公安出现，都由丙来应付。

丙　都不要当真，他们俩闹着玩的。

　　他们一贯这样，没啥好看的。

　　散了吧，各回各家，各找各妈。

　　你们看到的不是两个人，是两个角色。

　　理解成两个符号也行，随你们便。

　　千万不要对号入座。

　　如果你觉得你和他们中的一个很像，我们只能说抱歉。

这是巧合，我们无意冒犯你，更不想批判你。

也许你回到家时，你还会想起这一幕。

人与人的关系并不全是这样。

但愿不全是这样。

补充说明

这个剧本是场景版，也就是说要在现实的场景中演出。一切不确定的因素会自然进入演出环节，对演出造成干扰，成为演出的一部分。整个演出正是由表演与干扰组成。也许无法进行下去，演出半途而废。那么，半途而废就是这个戏剧。场景版的魅力来自开放的环境，来自不确定性因素，来自外界的干扰。在此，剧作家只能写出戏剧的部分，而且还是不完整的，至于干扰的部分嘛，那就留给现实吧。另外，不可否认的是，场景版对演员身心都构成考验。

如果在剧场演出，就需要一个剧场版。剧场版需要想象与模拟外界的干扰，然后处理这些干扰。也就是说，丙的角色会承担更多的职责，有更多的戏。可以增加群众角色，也可以仍是这三个角色，群众的反应通过声音呈现出来。或者群众的反应不呈现，只通过剧中人的反应或台词，让观众想象群众是怎么说的，怎么做的。或者，干脆把剧院的观众想象成大街上的围观群众，对他们说，应付他们提出的问题。

最后，说一点悲观的话。我在想，这个剧会有怎样的命运呢？因为简单而被否定，被说得一钱不值？还是虽有深意，但不适合演出？假如，我是说假如，有人想排练这部戏，能找到合适的演员吗？找演员，这恐怕是一件很困难的事。即使找到合适的演员，他们愿意演场景版吗？除非他们把它当作行为艺术。那么剧场版呢？假如，同样是假如，要搬上舞台的话，演出应该尽量刺激观众的神经，使其身心俱感不适，从而引起愤怒、厌恶等情绪。之后，这会成为他们一次难忘的观剧体验。也许还会引发点思考，使其对无处不在的权力以及权力对人的尊严和人格的伤害保持警惕。不过，最大的可能是，这个剧就这样一直待在我电脑的硬盘里，没有观众，甚至也没有读者。

后记

　　这本书收录了三篇小说和四部话剧。《大魔术师》小说是二十年前写的。具体哪一年我已记不清了，我也忘记发表在哪个刊物上了。将其改编为话剧却是十年后的事了。为什么心血来潮，要把小说改编成话剧，我也说不清楚。可能是觉得这个题材挺有意思，而小说处理得还不够充分，我可以换个方式重新表现之。话剧是我想到的最佳方式。写话剧很快乐，就话剧吧。于是，我写了话剧《大魔术师霍迪尼的最后遁逃》。遇到"曹禺杯"全国优秀剧本征集评选活动，便投过去。幸运获奖。颁奖活动在曹禺祖籍湖北潜江举行。我坐火车去领奖，同行的有一个朋友。在火车上，我正和朋友聊天，邻座一位和我年龄相仿的男子和我们搭讪。他问我是去潜江吗，我说是，他说他也去潜江。又问我去潜江干吗，我说去领奖，他说他也是去领奖。又问我是北大毕业的吗，我说是，他说他也。又问我是中文系吗，我说是，他说他也是。又问我当初在北大住哪栋楼，我说 32 楼，他说他也住 32 楼。又问我住几楼，我说四楼，他说他住三楼。又问我是哪一级，我说 85 级，他说他 84 级。哈哈，遇到学兄了，真是巧啊。他叫范伟，与演员范伟同名。那一届获奖的剧本共五个，他的获奖剧本是《圆明园》，我的获奖剧本是《大魔术师霍迪尼的最后遁逃》。

2018 年 12 月某日在蓬蒿剧场举行了读剧活动。读剧活动是由导演和演员参与，经过排练之后，在剧场读给观众。之后还有导演、演员、编剧和观众的互动交流。导演是何雨繁先生。这次读剧反响挺好的。之后，不知出于什么原因，我又重新写了一版，人物、结构和场次均有较大变化，名字改为《爱、奇迹和魔术师》，剧本于 2021 年发表在《中国作家》杂志上。与前一版剧本相比，增加了人物，改变了故事讲述方式。我称前一版为小剧场版，后一版为大剧场版。后一个版本，计划于 2023 年第四季度搬上舞台，进行首轮演出。并计划 2024 年将其做成沉浸式话剧，住场演出。

《我想把孩子生下来》则是先有剧本，后有小说。剧本参加新读剧活动，于 2019 年 12 月某日在蓬蒿剧场举行读剧活动。导演为姜均老师。之后，我反向操作，把话剧改写成小说，以《我想把孩子生下来》为名发表在《莽原》杂志上，小说先后获得莽原文学奖和河南省文学期刊联盟奖。

《帷幕后的笑声》小说发表于《山花》杂志。后变成长篇小说《侏儒与国王》中的一个章节。故事取村于《左传》，说的是一个荒唐的外交事件引发战争，导致君王差点被俘。话剧剧本是新创作的，如同刚出窑的瓷器，带着炉温呢。这个剧本要搬上舞台有一定难度，主要是演员多，场面大，更重要的是还需要会表演的特型演员，这就更难了。不过，万事皆有可能。

　　《主与仆》是我心血来潮写的一个短剧，就不多说了。

　　由小说到话剧，可以清楚地看到话剧在小说的基础上的拓展和丰富，进一步强化了戏剧性，具有更强烈的冲击力。由话剧到小说，换一种方式讲述故事也别有趣味，至少文本更有可读性了。以后我还会在两种文体间游荡，尝试同一题材的不同方式呈现，从而挖掘题材内在的多种可能性。

　　最后，向发表小说和剧本的刊物和编辑致以诚挚的谢意！向参与读剧的导演和演员们致以诚挚的谢意！